# 曲克安哒

## 苏毗女儿国的那一抹红

阿琼 著

作家出版社

谨以此书献给苏毗女儿国华丽的背影，

献给高原千千万万伟大的母亲们！

梅梅坐在一爿小吃店里，刚刚如同嚼蜡般吃了一碗肉酱米粉，没有吃出辅料肉酱的肉味，主料米粉原本就是白味，辣香味被苦煳味代替。她耳边想起了外婆的絮叨："不要贪嘴乱吃外边的食物，都是得病的根源。"阿妈每次说起过去食物的味道，特别是饭馆的味道，都发出啧啧称赞声，常陷入对时光的追忆，每次都引得梅梅生出遐想，口中生香。中午时间紧，她就近来到这家米粉店，填肚子而已。这时，放在饭桌上的手机，跳动出几行字："据某某学者考证，藏区某地是古代女儿国（苏毗）之地"。梅梅看着手机屏幕，轻蔑地发出了"噈！"的一声，算是挑战了所谓学者专家的不严谨、不周全论调，这样的标题时不时赫然出现，关于（苏毗）女儿国新发现地的新闻冲上头条热搜，博人眼球，让人对学术的权威性产生怀疑。梅梅心想，历史常被遗忘、淹没、误读、篡改，苏毗女儿国在母地，有板上钉钉的坚实依据，这是不容置疑的事实，那些专家学者们为何翻出新意，旁逸斜出，飙出独领风骚的言论呢？越描越是历史的一本糊涂账，梅梅见怪不怪，不被左右。也有对苏毗女儿国历史的补白或有关探讨性的话题，梅梅当然不会嗤之以鼻，毫不含糊，尽收囊中，为夯实母地曾是苏毗女儿国政权确立之地，以及是苏毗女儿国政治经济文化中心、王室所在地的基石，她会细细筛选有关苏毗女儿国有价值的信息，特别留意，采用他山之石可以攻玉的办法，来确认苏毗女儿国的归属地在母地。

岁月早已把女儿国的前世风干在了后世的传说和猜想中，把它放飞得太远太久太高，人们翘首眺望，只留下古道遗风，让人望史兴叹，这是史学家、考古学家和文化学者们的喟叹。不变的是隐形的基因，在后裔们的容颜上设置密码，还有那些烙在生活中的印记，影影绰绰，神龙见首不见尾，说不清道不明的缘由，以及刻在骨子里的气质，不是人们有意的断舍离就能抹去的，不是人们无意间流失的信息，而是古人设计的连环计似的，而是一环扣一环，留下一个个未解之谜，促使后人去追寻，恍如隔世，不由自主地平铺在生活中，摇曳在眼前，给人灵光乍现的启示。

梅梅将牢牢攥紧曲克安哒的故事精髓，为我们讲述那个遥远陌生而又熟悉亲近的苏毗女儿国。梅梅认为，母地的现在与苏毗女儿国的过去如一根连接母体与婴孩的脐带，是一根延伸盘根错节过往的藤蔓，向更深处漫溯，满载历史的星辉，讲一段沧桑而斑驳曲折让人心醉神迷的往事——苏毗女儿国，尘封的历史。她的讲述，会是天边的一片云烟，消散在历史的尘雾中；会是每一张熟悉的面孔，看到前人的样貌；会是些说不清道不明的习俗和仪轨中的玄妙，保存着欲说还罢的故事，还有断断续续碎片化的神话传说，在云遮雾罩的溟蒙记忆里，接受前世今生疏离的陌生感。千年久违的风霜，不及曲克安哒的直白更让人眷恋信服，一种文学的表述、历史的再现，重复着昨天的故事：一边是梦的奇幻精彩，刀光剑影，来自历史基石的解读；一边是眼前坚实的烟火气息，鲜活生动，依附在空灵的精神世界上来诠释，故园的苏毗女儿国，一个带有浓浓母系权力的国度，一个由唯我独尊女王统治的社会，梅梅用曲克安哒这把古老的钥匙，打开了一段尘封的历史往事。

梅梅，一个书虫的发现之旅，刨根究底且广搜博采，掌握了令人信服的引证资料进行论证，追本溯源加以说明，终有持之有故的见地，让一个传奇的女儿国，像深山流来的一股清泉，让人看到了活水清澈流来的源头，又像一枚深埋的琥珀，拭去尘土，又见光彩。

卓玛，一个质朴的藏家牧羊姑娘，从大山深处款款走出来的传统手艺人，她不仅是非物质文化遗产的传承守护者，而且是有创新意识、求思变求发展的创业者，为传统食品注入了现代因子，大胆创新传统食品曲克安哒，挖掘曲克安哒千年传承的护肤功能，将其开发为时尚高端的美容护肤品。

她们两个一求一证，为古老的曲克安哒找"家"，找"主人"，找身份，为苏毗女儿国找家园找遗失的往事。

追逐时尚、讲求生活品质的央金，要去飞机场迎接她的护肤美妆顾问老师，苦于自己没有座驾，正在发愁。提起座驾，别提央金心里多憋屈。原本，央金带着不会开车的现代人是功能性文盲的认知，为了证明自己与时俱进，当时跟风，看好多女人开车，飒爽英姿，她这追逐时尚的现代女性，信心十足地做了车奴，车贷了一辆小马力的宝马。科目二艰难通过，科目三难以突破，学学停停折腾几次后失去了耐心，水准被姐妹们戏称为"马路杀手"，宠她如公主的丈夫亲昵地称"我的女魔头，别上路！夺杀别人的性命"，毫不留情地没收了央金的车钥匙。父母的担忧更让央金丧失了学开车的斗志，在众口铄金的攻势下，在人们八卦的车技笑话和血淋淋的车祸面前，央金彻底放弃了掌握方向盘做女司机的理想，父亲说："放手，是明智的选择。"

她自我解嘲——我的车牌号11；方向盘——调至自动驾驶；车型——无公害，环保节能型；车品牌——保人，给自己台阶下的充分理由："我方向感太差，毕竟人命关天啊！"就这样被亲爱的家人忽悠瘸了，与自己的爱车绝缘。一时兴起车贷买来的爱驾，只好折舍万元，作为二手车卖出去了。

丈夫看她真放弃做司机的理想，奖赏了一句名言："识时务者为俊杰，明知山有虎，偏不山上行。"

老妈更是认可此举："女人就该有女人样，懂得知难而退，开车是男人的事。"

央金不认同老妈的说辞，回了一句："老妈，啥年代了？你奥特了！"老妈一听，追问："什么奥特了？"

"你跟不上时代了！意识落后保守。"

老妈只一句简单的话撑得央金无话可说："女人能做的事，男人做不到，男人能生孩子吗？"央金知道这是老妈的心病，也是颠扑不破的真理，让央金快点要孩子，这是她的心病。可是央金想起了另一件事。

上小学时，班里组成男生阵营和女生阵营两排，关于女人重要还是男人重要发生过激烈的争辩，男生们提出："没有男人哪来的女人？"

女生说："女人生的男人，没有女人哪来的男人？"

男生狡辩说："没有女人，男人照样可以怀孕生子，《西游记》里，唐僧师徒不是喝了女儿国母子河的水怀孕了吗？"

女生起哄道："最终不是催吐，肚子里没有孩子了吗？倒是女儿国不需要男人，喝了母子河的水怀孕生子，所以，没有男人，人类可以繁衍后代。"

男生们听了不知怎么反驳，班长（男生）说："女人是从亚当身上抽的肋骨做成的，依此说明男人创造了女人。"

语文课代表（女生）说："那是外国人的神话传说，我们中国神话里，是女人创造了人类，女娲是女性，她用泥巴捏人，不仅仅捏了女人，还有男人。"最后男生、女生达成共识，这个世界，男人女人两者缺一不可，二者共同创造了人类。央金想起儿时的争论，笑出了声，老妈高兴地错认为刚才的话使女儿开窍了，补了一句："抓紧啊！我在你的年纪已经是两个孩子的母亲了。"

下午，央金在上班的路上，为今天要去接机犯难，她央求丈夫达哇，达哇却说单位忙得无法抽身，敷衍她说："我很忙！你打出租去接机吧。"她火急火燎地约了几个会开车的姐妹，一个又一个，令她失望，此时的央金，只恨自己撂开方向盘是不明智的选择。自言道："失策！失策！这就是相信众言的悲哀，我太难了！"她搜肠刮肚想还有没有漏网之鱼呢。忽然，她想起了闺蜜，一年前在一个小型的讲座上认识的梅梅，梅梅是主讲人之一，两人一见如故，后来央金对梅梅说："我们俩也许前世就是一对走失的亲姐妹，这一世相遇再聚首，那是灵魂认出了对方，自然而然成为好闺蜜好姐妹啦。"

央金想到梅梅，还有一个吸引她的重要理由，梅梅会开车，而且开车的样子很拉风，就是她想象中的自己开车的样子。

梅梅是不婚不恋高冷的悠闲族，一个"淡看人间三千事，闲来轻笑两三声"，洞彻三世的佛系者。央金想到孤傲的梅梅，直接要求她去接机，这种无厘头请求，是很唐突的，绝对撼动不了她，真是自讨无趣，此路行不通，会被梅梅像抛出的石头，拒绝得很决绝，到时没有回旋的余地，自己多掉价。可一想，同一件事表述不同，其结果截然不同，她心生一计，想投其所好，让她开上那辆白色的城市越野车，心甘情愿去为她接机。

梅梅给她的爱驾起了"大白"的名字。

央金是好争面子，爱精致生活，爱显摆，好强，爱讲排场，有小资情调的人，心里常有小九九，但是真诚多于心机的那种，说好听点，是做事有主见的人。梅梅是那种腹有诗书气自华，自带气场的人，现在社会上判断一个人是什么样的，通用的识人术说：你是什么样的人，就看你身边的人是什么样的。央金不甘被人轻视，渐渐疏远浅薄的人际圈，向充满力量的人靠拢，不断优胜劣汰她的朋友圈，梅梅的档次和优秀，自然是央金追随的目标，一个巴掌拍不响，梅梅喜欢央金的活泼直爽，两个人性格互补，一来二去，惺惺相惜，处成好姐妹、知心闺蜜。网络上常有防火防盗防闺蜜的桥段，央金很不屑，决绝地否定："辱没了闺蜜的概念，那是前世的冤家，后世来讨债的，跟'闺蜜'一词毛的关系没有，防闺蜜，那一定是欺世盗名的闺蜜，没有到闺蜜的份上，不是真闺蜜，闺蜜的伪命题，不翻车才怪呢！我们是半路的发小，一生的知心闺蜜。"梅梅听着央金的闺蜜誓言，心想不愧是央金，火辣辣的言语火辣辣的情，谁遇到央金都会招架不住，她是闺蜜控，谁都会沦为闺蜜奴。

央金的脑海里，快速地搜索了她的人脉资源，最终搜索出梅梅，是陪她今天去接机的最佳人选，胜过老公，即使老公今天有时间去接机，也不是最佳人选，想到与梅梅的交往经过，只有梅梅匹配今天的接机对象。在妆容精致的护肤美容老师面前，梅梅的学识、气质可以为她在老师面前撑面子，补她的短板，来点增色剂，还有梅梅的座驾"大白"够气派，上档次。梅梅是她今天的完美组合，是她的黄金搭档。央金想到这儿心里美美的，自言自语："一个完美的计划，接机人央金和梅梅，接机车'大白'。走起！"

按照央金干练的性格，有计划，付诸行动，自己给自己下命令，她雷厉风行地向梅梅的单位急行军，边走边给梅梅打手机。

"梅梅，有件事劳你大驾。"

"说吧！啥事？你又不是大姑娘初次上轿找我办事。"

"哈哈！下午去草原上逛逛，人们说这两天草滩上花开得很繁盛，错过了花期，要等来年哦。"

"下午办公室里有活儿干，没时间。"

"咳！你一个搞文化历史研究的人，能有啥事？不就是在故纸堆里扒拉扒拉后，在电脑上敲字吗？"

"对啊！这两天，我有一篇约稿，正在赶稿，忙得焦头烂额，哪有时间去逛草原，看风景。"

"梅梅，要懂得劳逸结合噢，书虫变成书呆子，离僵尸不远了，走吧！出去走走看看，比你在办公室闭门造车也许有作用。你成天在办公室费尽心神'便秘'，还不如出去在大草原上爽快爽快，保你一泻千里地通泰，思维一下打开，才思泉涌，澎湃而来，对你只有益处，没有坏处。"

"央金，士别三日当刮目相看，这段时间何人加持了你，变成四两鸭子半斤嘴了？"

"梅梅，不怪你夸奖我，这段时间我的确在提升自己，买了网课《如何说话》，加入了张德芬的团队，每天聆听她的《遇见最好的自己》，还订阅了纸质杂志《演讲与口才》，闲下来翻看。"

"原来你每天为自己加油打气，打枪的不要，悄悄地充电，狠人哪！"

"是啊！想让自己变得优秀，就得付出时间、金钱的代价。"

"对自己下手忒狠了吧？"

"呵呵，不扯远了，梅梅，开上你的'大白'，出去吹吹风，散散心，呼吸新鲜空气，趁阳光正好，微风不燥，不负美好时光，去大自然那儿撒撒野！"

"哎哟！张口成诗人了！撒撒野？"

"梅梅，别埋汰我，这些是网络看来的，现学现卖，别见怪。"

"你与时俱进的节奏，让我觉得自己落伍了。"

央金趁热打铁："梅梅，走吧！现在搞学术，不是提倡走出户外，到田野，到大自然中吗？好像叫田野调查，每到这个季节，各大学、各学术研究机构、不同团体不都是蜂拥而至，来搞田野调查？单位领导同事问起来，你就说去搞田园调查了。"

梅梅觉得央金说得言之有理，不再执拗，说："好吧，我在哪儿接你？"

"我就在你们单位楼下。"梅梅伸头看向窗户，看见央金四平八稳地站在"大白"的车头前，心里明白了七八分，央金是有备而来，一定不是仅仅去草原赏花那么简单。这就是央金，二七十四个计谋，三七二十一个手段，七七四十九个说辞，让你无法逃遁。梅梅苦笑了一声，心里说看她放的什么招。

梅梅麻利地收拾了一下桌子，关了电脑，拿上背包下来。听见央金正在向宾馆打电话预订房间，心里明白了许多，她不动声色地开了车门，顺手戴上了太阳镜，招呼央金上车出发。

一路上，车行驶在高速国道上，动感的车载音乐顺带提升了车速，马达轰鸣着在道路上一闪而过，两旁的树木快速退后，草原前方的路向天边延伸。清凉的夏风钻进车窗，撩拨得梅梅和央金的刘海飘扬，发丝像水草悠悠般在空气里游动，两人的心情随景随风荡漾。

"梅梅，直接去飞机场吧！"

梅梅故意问："你不是叫我出来搞田园调查，看风景，观赏草滩上的邦锦梅朵吗？去机场？你要做什么？醉翁之意不在酒，你是另有目的？"

"呵呵。"央金觍着脸说实话，"梅梅，我的护肤美容顾问老师马上就要到了，借你的车顺便接上老师，然后我们去附近的帐篷度假村坐坐。"

"哈哈，事出反常必有妖，我早估计到了，你是阿克晁通（格萨尔王的叔叔，法术很高的巫师，以计谋多著称）的再生女，这样的事，直说嘛，别拐弯抹角，你不嫌累啊！我累！我喜欢简单明了，小心学那些说话技巧、口才之类的东西不得真传，走火入魔，误入歧途，或者学不到精髓，变成皮厚嘴尖油腔滑调的人，或者变成东施，废了自己。"

央金为自己补刀："山间竹笋嘴尖皮厚腹中空，不过你放心吧！不会的，咱六根正，不会走入奸猾之列，最多就是变成东施效颦、邯郸学步这类，读的书多了，看问题看得透彻。"

"大道至简，不要把事情复杂化。你一句'接机'就能搞定，却要指东说西，我替你感到累，脑细胞死了几百万吧？"

两人你一句我一言地调侃，车拐进了去机场的岔路口。央金瞪大兴奋期待的眼睛，看向机场："赶得早不如赶得巧，看！飞机开始降落了。"梅梅顺着央金指的方向看，飞机从西天飞来，缓缓下降，进了机场跑道。没等梅梅的车停稳，央金急不可待地已经下车向候机室跑去。梅梅心里暗暗一句"这个冒失鬼"，连忙熄了火锁了车门，跟过去。央金进了候机室，从包里掏出一条洁白的哈达，如迎接活佛般虔诚地捧着哈达东张西望。梅梅瞄了一眼对人真诚热心的央金，脸上露出了欣慰的一丝笑意。这就是她愿意与央金交往的原因，对人爱憎分明，真诚，像火一样热情，其实央金是一个简单明了的人，不是她刚才说的比唱的好听，梅梅真不想出来兜风，不过央金直截了当说去机场接人，这点要求，梅梅不会推辞的。

梅梅心想还好，央金是那种聪明讲求效率，会务实计算的人，不是精于算计的那种人。有时候她显得成熟，蹦出深刻的看法；有时候热情单纯，简单明了。

只见出现了一位优雅从容，穿着入时，四十岁左右的女人，央金的眼里泛出精彩的光，嘴里叫着"老师"扑过去。那女人也是一脸的惊奇走向央金，央金几乎是拉伸了她的手臂，前倾着身子，把哈达套在了那个女人的脖子上，然后张开双臂，亲昵地给老师一个大大的拥抱。她们拿到传输带上的行李，央金才想起来把梅梅介绍给她的客人。"老师，这是我的铁杆姐妹，朋友中就数她的学历最高，碾压我十八条街，研究我们这地区的民俗文化和历史的。"那女人马上对梅梅伸出了软绵的纤纤玉手说："看出来了，与众不同，有气质。"两只手握在了一起，又脱离开了。央金拖拉着老师的行李包，往"大白"处走。上了车出了机场向牧家黑牦牛帐篷度假村的方向行驶。

路遇好几家帐篷度假村，都不入央金的眼，最后到了一家离机场有十公里远的度假村。央金说："绝美的风景在远方，离得越远，原生态的风景保持得越纯真。"老师对一路的风景赞不绝口，大草原，牛羊满山坡，蓝天、白云，忙着发视频在她的朋友圈分享。梅梅换上了《我和草原有个约会》的歌曲，老师一再感谢央金："你让我实现了与草原的约会。"

"老师，不用感谢我，是你与草原有缘，有缘千里来相会。"

黄昏，她们离开了度假村，向市区行驶，老师已经与央金沟通行程安排，开展工作的内容。送客人到下榻的宾馆后，各自归家。

央金这几天很忙，陪同老师东奔西跑，组织爱美的女人们观摩、咨询护肤美容等活动。

梅梅被央金叫去参加了一场现场观摩会后，私下对央金说："其实，生活在青藏高原的先辈们，有一些传统的防晒护肤品……"击鼓传花，这话传到了美容顾问老师的耳朵里，她凭着职业的敏感性，决定邀请梅梅为姐妹们上一堂传统与现代护肤知识的课。

说到传统的护肤，梅梅还是有一些亲身体悟和搜集的资料，她乐意分享给这群爱美的女性们，欣然接受了美容老师的邀约。对此事，梅梅非常上心，私下做足了功课。做研究工作的她，对于有机会传授文化知识是乐此不疲的，她常做文化志愿者，跟随官方、非官方团队参加活动。

梅梅首先向外婆请教了老辈人们的护肤常识，然后上网查了现代的护肤知识，包括皮肤的组织结构，还有皮肤护理的有关知识，最后结合传统的和现代的护肤理念，给姐妹们上了一堂护肤知识的大餐课。讲到传统的护肤知识，这群女人们感到亲切，觉得熟悉又陌生，他们早放弃了传统的护肤；讲到现代的护肤知识，她们感到新奇，乐意接受陌生又熟悉的护肤方法。梅梅一举两得，充实了自己有关护肤方面的知识。

她们在美容老师下榻的宾馆租用了一间小会议室。来的女人们化着精致的妆容，穿戴打扮得时尚华贵，有机关坐办公室的女性，有做生意的富婆富姐，有打工妹，更多的是有闲有钱爱美的家庭主妇们。梅梅的素面朝天，简单干练的装扮，在这一堆涂脂抹粉的女人堆中，倒显得青春靓丽，卓尔不群。央金的指导老师，把梅梅拉进里间，告诉梅梅要内外兼修，对外表的注重，是对别人的尊重，对自己的负责，外表是内在涵养的外化表现形式。梅梅认同老师的指点，在老师和央金的指导下，她略施粉黛，修正了妆容，原本五官底子周正，等到再次出现在女人们面前时已判若两人。老师说："现在的妆容适合你今天讲课的内容，腹有诗书气自华，如果再加上适合自己的衣着妆容，那是锦上添花，提升气质，古人提倡的粗缯大布裹生涯不可取，不适合我们现在的时代，我建议你除了护肤，平时略施粉黛，化点淡妆。"央金拉着梅梅左看右看，惊喜地说："哎！好漂亮！原来是不显山不露水潜伏在我们身边的大美女，平时不修边幅，埋没了爹妈给的原装美。"梅梅制止央金："矜持点，言过其实。"对美容老师在一旁的提议，梅梅点头回应，表明她愿意接受。

央金第一次主持，生疏得东一榔头，西一棒槌，松垮地过流程，姐妹们热情高涨，把美容课开成了爱美女人们的聚会。正是这种气氛活泼宽松的主持风格，反而中和了这些参差不齐的女人们的审美意识，老师向姐妹们介绍了她的护肤理念和护肤产品。轮到梅梅讲了，她首先向大家提出了几个问题：

"其实，祖祖辈辈生活在高原上的人们，在长期与严酷的大自然打交道的过程中，他们积累了很多常识和经验，其中包括皮肤护理的传统古方。大家知道，青藏高原空气稀薄，透明度高，紫外线强，紫外线是七种光线中波长最短的，有很好的杀菌功能，这里在医院工作的姐妹们知道医院采用紫外线灯消毒杀菌，就是利用紫外线的这一特性。但是，紫外线对我们外露的皮肤有灼伤等一些破坏性作用，所以高原上的人脸上有了'高原红'，是高原气候特征留给我们的印记。不过，我们高原人也不是放任自流，被动地接受太阳的暴晒、紫外线的摧残和风雨的侵蚀，在长期的与大自然的斗争中，他们有对抗的办法和智慧，你们想想，在没有现代护肤品的年代里，我们的祖辈们是怎样护肤的呢？是怎么防护紫外线的？"

大家七嘴八舌，有的说"抹奶皮子呗"，有的说"有现成的油——酥油"，还有的说"一辈子不洗脸，污垢就是最好的护肤品"，听得有的美女撇着嘴，一副嫌弃厌恶到作呕的表情。

"我们的祖先流传下来的一种护肤品，已经经历了几千年的岁月，现在深山里的牧民还在用这种传统的护肤品，来阻挡强烈的紫外线照射，这种护肤品按现代的护肤理念看，是纯天然，无化学成分，对皮肤没有任何副作用的高端有效的防晒霜。当今市场上充斥着的繁多的化学护肤品与它无法相比，它比老师的物理防晒霜更绿色环保。我常在广告上听到可以喝的染发剂，可以吃的面膜，我们的传统护肤品既是擦脸的护肤品，又是传统的美食，是真正的可以吃的护肤品，它是什么呢？"

女人们沸沸扬扬地讨论了起来，一位穿着藏袍的少妇，一看就是有钱的辣妈，她从容自信地说："朋友！我知道，你说的是曲克安哒。"

她从怀里掏出一个精美的礼品小纸袋，向女人们示意："我这曲克安哒，在市场上买的，是准备送给美容老师的零食。"她顺手把纸袋递给了老师，老师挂着满脸的惊喜，迫不及待地起身接过礼品，连说了几声谢谢："好感动啊，你们真贴心，我是一直生活在大城市的藏族，今天要不是听梅梅讲，从事护肤行业的我，可从没有听说过这些冷门的知识。"她从纸袋里拿出一枚曲克安哒糖，像仔细端详女人脸上的皱纹，好像在问皱纹形成的风霜故事一般："这不是棒棒糖吗？"她又探手进去，抓出一把分享给了大家。场上响起了细碎的哗啦剥糖皮的声音，她剥了锡纸放进嘴里品尝："酸甜酸甜的，有股焦糖味儿，还有苦咖啡的味儿，有巧克力的丝滑，好吃！梅梅，你继续讲！"

老师向梅梅投以期待欣赏的目光，提出了自己的疑惑："梅梅，你是怎么认定曲克安哒是流传下来的传统护肤品呢？"

"外婆告诉我的，她说旧时代没有擦脸油，她们小时候就是靠曲克安哒防晒护肤的，外婆说她的外婆的外婆都是用曲克安哒护肤的。"大家都笑了，梅梅解释道，"我的意思是说祖祖辈辈把曲克安哒当作了护肤品。小时候，夏天我们家出去野游，外婆给我们小孩们都涂上曲克安哒防晒，尤其是女孩，外婆更加注重防晒，上午涂一层，到了中午再补一遍，我的名字是外婆起的，梅梅就是花儿朵朵，她说女人都是花生的，所以有花貌，女人是娇嫩的花，要精心呵护。实践出真知，回到家洗掉曲克安哒，我们的脸白白嫩嫩的，没有晒黑，没有灼伤脱皮，邻家的大人小孩的脸，被晒得惨不忍睹。后来，只要我们家的大人小孩去野外，就涂曲克安哒防晒护肤。有一年，乡下发生严重的雪灾，舅舅是单位的司机，被抽调组成救援车队，赶往灾区救灾送物资，临走时，外婆坚持让舅舅带上曲克安哒，舅舅嫌弃地说：'大男人像个女人满脸涂得脏兮兮的，让人笑话。'

"外婆说：'在深山沟里，牧民们不分男女老少，都用它涂脸。特别是在雪地里，曲克安哒可以阻挡雪地反射的太阳强光对皮肤的灼伤。'在外婆的坚持下，舅舅带上了曲克安哒。外婆怕舅舅敷衍不肯涂，还给舅舅支了一招：'早上涂到脸上，捂上大口罩，包上围巾，戴上墨镜，谁能看见你像女人一样涂上了曲克

安哒，直到回来，不要洗脸。'

"半个多月，等舅舅救灾回来，有的人看见舅舅问：'好多天没见你，你去省城了？'舅舅说下乡救灾去了，人们看着他的脸，不可置信地问：'不可能吧？'这就是曲克安哒的强大功效，我外婆护肤防晒的制胜法宝，也是高原人独有的传统防晒护肤品。"

央金眼睛骨碌地一转，提出了她的疑惑："梅梅，我还是不明白，外婆说她外婆的外婆的护肤品就是曲克安哒，不能证明曲克安哒是高原上存在了几千年的护肤品。"

"央金，你的这个困惑也是当初我的困惑。好在我在西安读研的时候，在舅舅们那儿找到了一些答案。这样说吧，有历史记载的有一千五六百年，往前追溯，也许两三千年都有可能。"

"舅舅们？"老师满脸疑惑地问。

"是啊！舅舅们，我的导师成天把外甥女挂在嘴上，就是这样称呼我的，起初，以为是老师亲近爱护我的称呼，后来才知道，他们叫我外甥女，是扯上千年的历史渊源。文成公主和金城公主先后嫁到吐蕃，意味着我们是大唐吐蕃和亲的后代，自然是甥舅关系，我的历史传承身份是外甥女，他们的历史传承身份是舅舅噢！吐蕃和唐朝和亲后，以甥舅关系相称，历史就是一部家史。

"追溯历史记载，吐蕃赭面的风潮，从高原吹到大唐中原地，成为当时最时尚的妆容，是宫廷女人们和达官贵妇们风靡一时的妆容，这一现象，折射出了唐蕃交往甚密，文化交融更胜一等，尤其是高原上出现了'渐入华风'的同时，也出现了'蕃风东渐'的逆袭现象，文化的交流，不像经济交流，经济的交流不对等，是以强、优进入的，以物美实用为标志，谁先入主，谁就先赚得钵满盆满，谁的商品就代表着先进强势的生产力，而文化的交流，是平行双向平等传播的，以奇异独特融合为导向，没有优劣贵贱之别，在于观念的包容性，态度的开放而已，所以赭面之风由高原吹向中原，双向进入。而赭面之料就是这个曲克安哒。"

老师若有所思地扳着指头算："从唐朝与吐蕃所处的年代算起，到现在有一千三四百年的历史，护肤品曲克安哒的历史确实够长的。"

"其实不止一千多年，我只是说有文字记载一千多年。"

梅梅讲："现在还在沿用，说明曲克安哒它在护肤方面的优越性，功能性强大，值得开发利用，走向市场。"

"汉史是把吐蕃人的赭面作为一种习俗来记录的，当赭面习俗传入汉地改版后流行起来，作为当时上流社会时尚的妆容风靡一时，我认为在高原，曲克安哒是以最有效的护肤功能存在的，装扮功用只是一种附加值，而传到汉地就不同了，变成一种流行的妆容，是以审美功能成分为主传播的。我们知道，时尚元素、流行趋势最是短命，像风吹过，来也匆匆，去也匆匆，到头来落得过时被弃的结局。可是，在高原，赭面这一习俗，始终没有退出历史，没有消失在生活中，一直沿用至今，这就是习俗和时尚的不同，从这个意义上看，时尚是短命鬼，习俗是常青树。"

近一个小时，梅梅利用历史、民俗文化的专业性知识和触类旁通的丰富资料作旁证侃侃而谈，这几十个女人，睁大眼睛，听得愣了神。那个给老师送礼物的女人按捺不住激动插话说："不起眼的曲克安哒，被梅梅老师讲得像听故事一样动听入神，原来我们的祖先，很早以前就用曲克安哒做防晒霜，现在繁多的护肤品充斥市场，我们丢弃忽视了老祖宗留下来的宝贵护肤品——曲克安哒。"

有的姐妹提出："曲克安哒在现代作为护肤品，不现实，被时代淘汰是自然的事。"有位上班族的姐妹扳着指头一个一个地数落曲克安哒："第一，太不雅观，没有美感，脏兮兮的大花脸。"好几位姐妹附和道："大花脸的猫都知道每天洗几遍脸，如果人抹上曲克安哒，走在街上，会被别人以为遇见还没开化的原始人了。画了脸的小丑，只局限在舞台上，出现在大街上，就不是小丑，那就是疯子。"这一话题引发了女人们的笑点，讨论更热烈了。

"第二，缺少科技手段，制作工艺原始简陋。不具备现代护肤品的品质，说白了，不达标。还有第三，现在的人，习惯了护肤、美容融为一体，形成一种认知，护肤美容不分家，凡是护肤品就有美容功效。曲克安哒有防晒护肤功能，可不雅观，有碍观瞻。"

女人们都说："没错！除非去乡下野外，特别实用，否则不能作为日常护肤品用。"

央金脸上洋溢着讨论带来的表达欲望，笑盈盈地说："现在人们的审美不同，美白护肤才是人们追求的理念，咖红色的曲克安哒，像是非洲原始部落人们的妆容，我可不用，面子上的东西，就用老师的护肤品。建议把这咖红色的曲克安哒，当糖果吃进去，黑咕隆咚的肚子里，不讲求美观，管它是黑的红的，拉出来一个色。"央金的快言快语惹得女人们又发出了一片尖厉笑声，这时候会场的情绪变得有些无厘头，梅梅感到与她的初衷有些不太搭调的别扭，本意是结合曲克安哒普及一些历史知识，却被这种戏谑、开玩笑的气氛调和得偏离了主题。

机敏的央金从梅梅的表情上看出了她的失落，马上站出来和谐纠错："我看曲克安哒好伟大啊！我们高原人护肤品的鼻祖，真正的可以入口的绿色护肤品，现在的护肤品都含化学添加剂，从使用的时间长度看是老祖宗留下来的几千年的好东西，从功效上看，是无副作用的天花板级别的物理防晒护肤品，不过我们应该看到现代的护肤品和老祖宗留下来的护肤品各有各的优点和缺憾，使用者各得其所。"

梅梅听着央金滔滔的讲析，很受启发，心想，能不能将曲克安哒的护肤功能，深入开发成绿色安全的高端护肤品呢？自己这方面不懂行，肯定做不到，她看向护肤老师，护肤老师只对皮肤护理常识、美容技巧在行，又是一个护肤品品牌的经销商，她擅长于推销与实际收益，梅梅想，"怂恿"她研发，天方夜谭，她不是研发的专业人员，隔行如隔山，梅梅话到嘴边又咽回去了，从此刻，她心里有了一种奢望，曲克安哒的护肤功效，应得到深入的开发，她对曲克安哒有了一种情结。

梅梅插了一句："如果真有可以当食品入口的护肤品，我想只有曲克安哒，所以曲克安哒是安全的绿色护肤品。帐篷的主妇们就是一边把曲克安哒当糖舔食，一边往脸上涂抹作为护肤品。"

央金不失时机地夸赞梅梅："看，学者说话就是不一样，几句话说到点子上了，读书多，上过大学，又读了研究生，知识就是力量，姐妹们想着怎么让自己变美，变年轻，梅梅想到的是整个高原上的护肤常识、护肤历史，希望曲克安哒得到开发和利用，连带着给你们这群女性朋友，讲了很多额外关联的东西。眼光不同，看待问题的角度也不同，我们只看到一件衣服好看。梅梅却看到了质地、裁剪、色彩、缝制等等，我们只尝到了曲克安哒的味道，梅梅看到了曲克安哒的过去和未来，看到了我们看不见的东西，知道我们所不知道的知识……"

梅梅摆摆手，不好意思地用嗔怪的眼神制止央金，不足轻重地把自己降维开脱，说："我没有央金说得高大上，只有小我的个人姿态而已。"央金的美容指导老师一直默默地关注着梅梅，她冷不丁地撂了一句："我看你是有大我情怀的人。"梅梅看了这个精致优雅的女人一眼，欣然地投去了微笑。相对于央金直截了当的溢美之词听得刺耳，梅梅更能接受美容老师的这种委婉表达。

一场分享课随着美容老师的离去，有关曲克安哒的话题也就在姐妹中画上了休止符，她们凑在一起，还是就美容护肤的话题娓娓而谈。而梅梅对有关曲克安哒的课题才开始涉猎，踏出第一步，自己对接触的一些史料，深入思考，慢慢探索，发现曲克安哒背后有强大隐秘的历史故事存在。几年后，在合适的时间合适的场合，梅梅遇到了专以曲克安哒为生的牧家女创业者卓玛，冥冥中，时间在安排撮合这些机缘巧合，使梅梅看清了历史的足迹中遗留的辙痕，读懂了曲克安哒的前尘旧梦。由此，一场历史的旧梦穿越到现实生活中，找到了曲克安哒的原初主人，找到了曲克安哒最初的功用、后来的寄主以及传承者。

这要从梅梅参加的一场会议说起。

一天，央金打来电话："梅梅，我们系统要举行'民族要复兴，乡村必振兴'研讨会，研讨会的主要议题有'如何加快畜牧建设，发展经济，振兴乡村''如何推动乡村产业、人才、文化、生态的发展''如何向农牧民群众传授科学知识、历史文化知识、生态环保知识，提升全民对振兴乡村文化经济发展的认识'……"

"打住！你说这些高大上的议题，跟我有毛的关系？"

"你让我把话说完，这次的研讨会在我们这地区，属于高端的，邀请了国内知名学者、经济学家、畜牧专家、成功企业家、优秀创业者等，尤其是涉及牧业这一范畴，我想到包含的许多游牧民俗文化，对你的研究课题有所帮助，你可要来啊，我一个小秘书，费了九牛二虎之力，在领导那儿为你争取到一个参会的名额。"

梅梅一听有关游牧文化的话题，马上来了一个一百八十度的转弯："谢谢你！还是你想着我。"

"我们已经给你排好了桌位，记得一定光顾，到时候别放我的鸽子，别掉链子哦。到了会场找到你的名字对号入座哦。"

"嗯，一定参加，不负君来不负卿。"

夜里，梅梅做了一个奇特的梦，大概是日有所思，夜有所梦吧，白天，她在网上看到一篇有关中日联合考古，发现了历史上丢失的西域精绝国的文章，文章的亮点在于唐玄奘去西天取经归来后，唐太宗李世民下诏令，要求唐玄奘把西天取经一路的见闻详细记述下来，就有了一本出自唐玄奘之手的《大唐西域记》（或《西域记》），不是吴承恩笔下的那部志怪小说《西游记》。汉唐以前，将玉门关以西广袤的沙漠、戈壁均称为"西域"，现在看来，就是新疆的南疆地区。汉武帝时，张骞出使西域后，打通了中原汉王朝与西域的联系。汉宣帝年间，为了保护丝绸之路，汉朝在此设立了"西域都护府"，管辖西域三十六国，其中，有知名的楼兰、龟兹，还有富裕的精绝国。西汉的历史中记载西域有三十六国，玄奘的记述中，三十六个国家的数量没有变化，可是出现了一个女儿国，少了一个叫精绝的国家。朝廷怪罪玄奘的记述不严谨，玄奘辩解说确实经过了一个众人口中的女儿国，没有精绝此国，这后来成了一桩历史悬案。直到1995年中日考古学家联合组建了一支考察团，历史留下来的谜面，才有了确切的答案。

考古队在如今的新疆和田沙漠中发现了一个古堡，进行了发掘，出土了大量的文物，其中发现了文牍，文牍是用佉卢文写给印度孔雀王朝的求救信。文牍中反复提到苏毗人经常来劫掠和侵入，这次到了生死存亡的危急关头，希望孔雀国王派军队来解救，一再强调，苏毗人的强悍凶狠，他们已经抵御不住了。求救信的内容里充满了惊恐、绝望和急迫感。看来这封十万火急的求救信，还没有来得及送出城堡，就遭到来势凶猛的苏毗人进攻，以至于精绝国被灭被侵吞，连写好的求救信都没有来得及送出去。梅梅看到文章中提到的"苏毗"，她的注意力提高到八度，她的神经敏感度直线上升，发根噌噌地支棱起来，活跃的思维，如那寒风中顽强的松针，坚挺地迎风抖动，丰富的想象力使她感觉如活在魔法世界，《指环王》的那枚魔戒向她输送魔力，加持自己的思绪在过去和现实的时空中交替行走。

梅梅看到这篇文章，激动不已，惊奇于世界的机缘巧合，一口气连看了两遍。她从抽屉里拿出资料本，把主要的文字逐字逐句地摘抄了下来，忘了下班的时间。等她出了办公大楼，西天的晚霞，让人沉醉，如女人脸上涂抹的曲克安哒红晕一般，让人产生遐想。

苏毗女儿国，因脚下的这片高土与这篇文章，拉近了与梅梅的时空距离，她想寻到答案。

苏毗，故园值得骄傲的历史标签，地方志明确写着：古西羌牦牛种族，魏晋南北朝时苏毗国在此地确立，隋朝前后为苏毗和多弥两国的辖区。历史上在青藏高原，出现过吐蕃政权与苏毗国的抗衡局面。李氏家族建立唐王朝后，苏毗女国与唐王室保持着亲密的交往，唐王朝封苏毗女王为"右剑门中郎将"。到唐朝中期，苏毗国臣服于吐蕃政权，直至唐末，苏毗王室被吐蕃政权彻底征服，但是苏毗王室与唐王朝暗通款曲，不堪奴役的苏毗王室，决心率族人投唐，迁移出高原，摆脱吐蕃的奴役。天宝元年（742年），消息走漏后，苏毗王室族人遭到屠杀。十多年后，天宝十四年（755年），苏毗女王的王室后裔排除万难，摆脱吐蕃军队的围追堵截，以损失了大部分王室成员为代价，最后在女王的孙子悉诺逻的带领下，于天宝末年到达长安，这距离他们的祖辈初次到达中原王朝的时间足足过去了一百七十年。一个多世纪以来，无论世事风云如何变化，政权如何交替更迭，他们彼此都没有中断亲密交往。当苏毗王室的后人拖着一身的疲惫和伤痛到达长安时，当时的大唐皇帝李隆基，在长安城城郊外，率领朝中文武大臣，亲自迎接，并举行了隆重的欢迎仪式。封苏毗女王之孙悉诺逻为怀义王，赐他们大唐李姓，赏赐丰厚，优待安置。从此，一个强大的，叱咤高原几个世纪，由女权统领的苏毗女儿国，退出了纷扰的历史舞台，淡出了历史典籍。之后，彩凤展翅镇四方的苏毗女儿国，在漫长的历史长河里，演变得神龙见首不见尾，笼罩在传奇和神秘的魅力中，给后世留下了无尽的遐想和求索。

苏毗的奇特在于它是女儿国，玄奘的《西域记》里有一个女儿国，吴承恩的《西游记》里也有一个女儿国的故事，这个女儿国不是空穴来风，是以玄奘的《西域记》中的女儿国为滥觞演绎出来的女儿国故事。

这一夜，是梅梅的一个平常之夜，也是一个不平常的夜。梅梅没想到，一场梦，让苏毗女儿国在她的印象中来得如此真实，让她伸手触摸到昨天的历史；如此震撼，让她看到惊心动魄的冷兵器时代悠远蛮荒、血腥杀戮的场面；如此奇幻无比的梦境，既荒诞又合情合理。这是一个有意义的梦，一场有年代感的历史梦。在梦里，她去了一个陌生的荒漠边陲小镇，这里风沙肆虐，所有出现的人事物象环境都是奇奇怪怪的，老土的古人、古地、古旧的事件，一切都是被时间风干没有水分的梦。有一种穿越，不是虚幻，它有根有据，有逻辑推理，合乎事实演绎，通过梦境来实现。梦里，梅梅置身在古代，看见了刀光剑影、惊心动魄的场面。梦沟通了一个异世界，她在梦里穿越，扮演了一个行走在无间道的间谍，身份不断变换，敌、我、友不分。随着梦境故事的推进，她穿梭在人鬼未了情中，真实虚假缠绕的梦，少了无稽之谈和荒诞的成分。

梦醒时分，仿佛亲历了整个事件的梅梅，按捺不住内心的狂喜，有一种表述出来的强烈欲望。说梦这种私密话，只能请央金来做最佳听众。于是梅梅是那个说书人，第二天黄昏，梅梅诚邀央金在老地方见面。央金接到梅梅的召唤，一声"遵命"，火急火燎地赶来。问梅梅："听你的口气，有好事将近，什么私房话分享给我？你这人没有十万火急之事不会轻易吐口，更别说陈谷子烂芝麻的事。"

梅梅迫不及待地拉着央金坐下来："是啊，你说对了，一桩真真假假、虚虚实实的事，八卦与你听。说真，这件事的确是真的，历史事实加历史悬案；说假，我在虚幻的梦里世界，经历了一段冷兵器时代刀光剑影的历史真相，使我想起了罗琳在《爱丽丝梦游仙境》里的题诗：梦里世界梦里游，看着斜阳跟着落，人生如梦真不错。"

央金看了看梅梅，一脸的狐疑，打断梅梅的话："我看奇幻的穿越剧尚可，而你是做研究工作的人，也穿越上了，看来穿越剧的流毒也毒到了你，侵蚀到你们这些严谨的人了。"

"你别说，梦是真实社会的延伸，搞研究的人在真实的框架下，确实需要有文学的丰富想象来构建合理的推断，来补白未知的事实真相。记得看过一部小说，通过考古学家对一座古墓的发掘，还原了一则凄美的爱情故事。上世纪六十年代，女皇武则天孙女永泰公主李仙蕙的墓，被挖掘，让考古学家震惊的是公主的墓地旁，坐着一具白骨，白骨手里拿着一片龟甲，龟甲刻有'永泰之闵生生世世'的字样，考古学家根据这具白骨，揭开了一段惊天地泣鬼神的爱情故事。永泰公主是唐中宗李显的第七个女儿，这些皇子公主生在皇家是尊贵的，又是不幸的，他们往往是政治斗争和皇权之争的牺牲品。永泰公主在嫁给表哥魏王前，在宫外生活的那些年，与当时的著名诗人宋之问的弟弟宋之闵心心相印。后来公主被召回宫，与表哥魏王联姻，公主跟魏王遭张宗昌张易之兄弟俩的谗言，被武则天处死。一直爱着公主的宋之闵当听到公主被处死后，悲痛欲绝，于是他进入公主的坟墓，想和公主合葬在一起，在墓室里枯坐了上千年，直到六十年代初发掘墓室时，考古学家看到了这一幕，宋之闵和永泰公主生不能同床，死后同墓穴。到这一步考古工作结束，而公主和宋之闵的爱情故事才展开，其中有一位考古专家，用他广博的历史知识和掌握的充足史料，展开丰富的想象力，用文学的笔调还原了他们缠绵悱恻的情感纠葛和凄美的爱情悲剧，这个故事你上网查找详细看。回到正题，通过这个例证说明，文化古迹永远是最好的史料，历史中的很多真相被揭开了神秘的面纱。"

"我说嘛，你不可能乱穿越胡诌，我想你的梦，是戴上历史真实框架的镣铐，而后跳虚构的真相舞蹈。"

"嗯，你说得很对，我的梦也是从九十年代中日联合考古的历史遗迹报道中拓展延伸开来的。梦是日有所思夜有所梦的产物，这段时间，我整天在思考这件事。"

央金眼光一闪，古怪精灵，着急地问："哪件事？"

"淡定！且听我慢慢道来……"

于是梅梅以上世纪九十年代中日联合在新疆"雅尼遗址"考古的成果、出土的文物和文物大盗斯坦因、"雅尼遗址"的来龙去脉为梦境的前奏讲起，最终落到了她的梦境故事。在梦里，她进出自由，随意切换角色，性别错位，一会儿是勇敢的武士，与凶悍的将士们冲锋陷阵；一会儿是柔弱的宫女，与牛鬼蛇神为伍。有时候与弱者为伍，有时候是仁人志士，扶困济弱。梦里，她上可九天揽月，下可穿梭于千年历史中。

"整个梦境笼罩在迷蒙的沙尘中，分不清时辰，看不清周围的景象。在沙尘昏暗的朦胧中，人们蒙着面纱，穿着土灰色的长袍，脚蹬着长靿的皮靴，手持阿拉伯弯刀。城堡的防御设施很简陋，土墙上建有土块砌成的碉堡，城堡的门是用大木桩和小木栅组成的。一群远道而来的强悍的人马，武装精良，身披锁子甲，戴着头盔，人高马大，兵强马壮，在沙尘中裹挟着杀气腾腾的凶悍，向城堡扑杀而来，我躲在一个沙丘坎伏身观看，精绝国的城堡里有沿街的住宅、作坊，中心地有佛塔，佛塔后面有寺庙，更多的是笼络过客、商队、马帮的客栈、驿站、商户，还有规模不大的王宫。城堡里有牲畜围栏。城堡外围有果园、田地，小河上有石桥，小河向郊外延伸，城堡的更远处是墓地。如果不是袭来的沙尘暴和苏毗人的劫掠，这个沙漠城邦是何等的繁华，商队纷至沓来，马帮络绎不绝，城堡里熙熙攘攘，有杂乱的货栈，有散发着腐草味儿的马厩、驼店，换乘的客商与马夫讨价还价，好不热闹。可惜，此时，尘土飞扬中，裹挟着肃杀之气，人们躲避，紧张地准备迎战，大战一触即发，我在这场已经有胜负定论的厮杀中，静观其变。"

央金好奇地插了一句："梅梅，在梦里，你是什么角色？"

"你这一问，我更加糊涂了，我是谁呢？梦境的前段，我没有角色，好像是有灵魂的一团气，旁观者，没有性别，没有是非观。随着梦境的深入，我的角色不断转换，一会儿是敌方，深谙动机、目的，知道秘而不宣的奥秘；一会儿又是对方的人，以勇士的形象，在拼搏厮杀；一会儿我是王室的随从、侍卫、宫女，像孙悟空七十二变，变换的是角色，不变的是梦境的那一根清晰的故事脉络线。"

"梅梅，精彩的故事开始了，你继续讲，我洗耳恭听。"

"只听见城堡上的人惊恐万状地大喊，快去禀报国王，这次入侵的苏毗人比以往多几倍，我们抵挡不住了，快让他们从城堡的后门逃命！

"苏毗的人马与风一道，席卷着尘土奔驰而来，马蹄的嘚嘚声压过风声，震得大地颤抖，凶猛的来势让守城门的人们慌了手脚。苏毗人在马上嘶吼着以迅雷不及掩耳之势，冲到了城门前与抵御的守军混战。此时，我变身成了精绝国的人，在精绝王的王室里，看到了精绝王室混乱的局面。

"精绝王惊慌失措，王后是一位有张中原面孔的女人，她追在国王身后，带着哭腔说：'我们精绝国，虽然不大，五百来户人口，国人几千人之众，但它是西域三十六国中最富裕的国家，全仰仗于好的位置，凡是来往于这条路上的商队、使者，都给我们带来了丰厚的通关税。遥远的地处在东南的苏毗人，随着与孔雀王国的贸易加大，他们的野心很大，把我们精绝国看作是一只小肥羊，想吞进他们的大肚子里。我们精绝国在苏毗人眼里，是眼中刺、嘴中的肥肉，他们早有亡我之心。国王，我早提醒过您，他们千里奔袭来犯，已经好多次了，明摆着迟早要拔掉我们精绝国，我知道会有这么一天，多次向您建议，防患于未然，应该向中原王朝，我的娘家搬救兵，可您偏当耳旁风不予采纳。担忧的我，背着您，半年前向中原王朝写去了求援信，但愿汉王朝

千里驰援来解救我们。'

"精绝王摊着两手说:'我的王后,马没有长角,人没有先知先觉,我以为孔雀国王是我们背后的靠山,又离我们几步之遥,你的娘家千里之外,远水解不了近渴。真没想到有野心的苏毗人,说来就来了。'

"'我的君王,不说无用的后话了,快想想眼前的局面我们该怎么破局?'

"此时国王乱了阵脚,焦急地看向王后说:'王后,你深明大义,是我大意轻敌了,让精绝国陷入危险境地,此刻苏毗人兵临城下,就要攻城堡了。'

"精绝王翻出枕边写好的文牍给王后看:'自从上次遭到苏毗人劫掠,我写好了向孔雀国王求救的文牍,本打算明天一大早派使者去送,谁能想到,狼子野心的苏毗人,行动如此快,来势如此凶猛。'这时,一个浑身带血,脸上带伤的大臣,冲进来禀报:'国王,已经抵挡不住了,城门碉堡快要被苏毗人攻破占领了,他们攻破城堡,首要目的就是攻占王室,陛下!您及王室成员的性命岌岌可危,臣恳请陛下,带着王室成员,赶快从城堡的暗道逃出去吧!再不走恐怕来不及了,快!我出去拖延住苏毗人,为你们争取逃命的时间。'

"文弱的大臣手执刀剑,冲出了宫殿,精绝王看着大臣离去的背影,喟然长叹,无可奈何,握拳狠狠地捶打自己的胸口,悔恨地说:'王后,都怨我,太麻痹大意,轻视了苏毗人的野心!'

"央金,这时的我,又变成了王室的一员。

"王后命人拿来了出嫁时汉王室赏赐给精绝王的护身符——

五重织锦护臂。王后从仆从手里接过这个护臂，亲自上前套在了国王的右手臂，说：'国王，这是汉皇馈赠给我们的结婚贺礼，在汉地中原，五重织锦护臂是辟邪吉利的护具，请您戴上它。'

"国王伸出右手臂，王后麻利地给国王戴上了护臂。

"我匆匆偷瞄了几眼，跟我在资料里看到的护臂如出一辙。醒目的靛青蓝底幅上，有红、黄、绿色的仙鹤、孔雀等瑞兽图案，其间有白色的隶书八个汉字'五星出东方利中国'，我看到这八个字，可没有像网络上当今国人那么兴奋，说预言了中国在一千多年后的今天，成为崛起的东方大国。我在梦里的那个时代，这八个字不过是迷信占卜术的古人，把天文星象连在一起，用来占卜的占辞，是用来祈祷的吉祥语，像我们现在念经，口吐六字真言一样，这是一句祈福的吉祥语。

"王后念念有词：'五星出东方利中国，保佑我们逃过今天的劫难。'众随从把双手放在心口祈祷：'五星出东方利中国，保佑国王、王后、王子、公主殿下躲过劫难。'这时又有将领来催促：'陛下，苏毗人已经攻破了城堡四周，向宫殿的方向来了，快离开宫殿！城堡郊外有臣民接应你们。'

"三十多名护卫前呼后拥保护王室人员撤出宫殿。随从及贴身护卫保护国王、王后顺着逼仄狭小的暗道，走了一个时辰，从一个洞口钻出来。逃出来的王室成员，呼吸着带沙尘土腥味儿的空气，都松了一口气。

"所有人都向灰蒙蒙、无边无际昏暗的戈壁滩望去，包括国王在内，不知何去何从。这时，有人向国王提议：'陛下！不能停下脚步，现在并没有脱离绝境，向前走，离城堡越远，我们越

安全。'

"众仆从搀扶着王室的成员，在杂乱细碎的脚步声中，众人急匆匆向田园村落走去。耳边传来狗吠声，前方似有移动的点点星火，臣民们来迎接王室的人们了。护卫宽慰国王：'陛下！臣民们来迎接您了。'

"国王却气馁地说：'虎狼一般的苏毗人，不肯就此罢休，我想他们会追杀过来。'女人们听到国王的担忧，嘤嘤啜泣，孩童们哭着往大人怀里钻，逃亡的人群一时陷入了茫然和惊恐中。

"这时候，王后换了口气，给大家喂了一颗暂时的定心丸：'大家不要慌了神，只要我们撑过十天半月，也许能等到汉皇派来的人马来解救我们，赶走苏毗人，复我精绝国。早在半年前，我已经把苏毗人的骚扰和精绝国的危险处境告知了汉皇，他们不会置之不理，算时间早该来了，怕是中途发生了意外，遇到了麻烦，远水解不了近渴，只要我们撑过十天半月，等到汉皇的援兵到来，我们也许有重生的机会。'

"'王后，您有先见之明，如果汉王朝的援兵赶上，一定能力挽狂澜，是王后救了我们精绝国。'

"众臣民向王后行礼致敬，王后让众人起身：'大家快起来吧，不必多礼，都什么时候了。'转身向国王说：'国王，您把希望都寄托在只有几步之遥的孔雀王身上，忽视千里之外的汉王室，虽说远亲不如近邻，可是也要看近邻是否愿意帮我们，也许国王隔岸观火看热闹呢？之前，您不是已经发过几次求援的文牍吗？孔雀王装聋作哑，我不忍心看着精绝国在一棵枯树上吊死，再说多一份力量多一份保障，我瞒着您托商队给汉王室送去了求援信，向汉王室告知了精绝国经常遭到苏毗人侵扰的事，希望汉朝尽快派兵解围，并告知了精绝国形势的危机，我想汉王室绝不会置之不理。'

"身边的大臣夸赞道：'王后不愧是中原来的女子，做事缜密，留有余地，有远见的人，岂是我等僻远孤陋寡闻之人能及的，让国王王后操劳受惊，都是我辈之臣的无能。'

"'我被汉皇宣召嫁到遥远的精绝国，嫁夫随夫荣辱沉浮，精绝国乃我之国，我便是精绝国的王后国母，保护子民乃我之本分也，虽然我是远嫁异域的弱女子，但是在家国遇到危机之时，我应该站出来为国王分忧解难，这是我作为精绝国王后的担当。'

"几个臣子跪拜哭告：'都是我们做臣子的无能，羞愧难当，陛下！王后！'

"'快走吧！我们还没有逃出危险地，苏毗人进到王宫，找不到王室成员，必会追杀过来，目前的处境，苏毗人的魔掌马上就会伸到这里来的。'这是来自护卫的声音。"

"梅梅，打断一下，我很好奇，从暗道跟着王室的人逃出来的你，此时你的身份是王室的成员还是仆佣呢？"

梅梅蹙了蹙眉头说："央金，要不怎么说是做梦呢？梦啊！天上地下，角色随着思维的活跃而跳跃性转换，我是梦里世界梦里游，一会儿，我是苏毗人中的一员勇士，立马横刀，与精绝那些负隅抵抗的守军厮杀；一会儿，我出现在王室成员身边。最终，苏毗人以摧枯拉朽之势杀进了城堡，我跟随苏毗人进入刚才熟悉的一片狼藉的王宫。人去楼空，王宫死一般地寂静，随从走上前，从国王的卧榻抽出文牍，交到全副武装的苏毗首领手里。

苏毗人的首领，来回翻看看不懂的佉卢文，他们都不懂文牍上的佉卢文写的什么意思，苏毗首领失去兴趣，随手扔到地上说：'看不懂写了些什么东西。'

"这个文牍在我的梦外，是极其重要的考古文物，据考古记录，是这些文牍揭开了精绝国在历史上扑朔迷离消失的迷案，也揭开了唐玄奘《西域记》中女儿国的神秘面纱，文牍是一把钥匙，是开启一把锁的关键，所以，我的梦里文牍自然入梦。

"同样，我因为看那篇文章，知道文牍上写的是佉卢文，是孔雀王朝时代的文字，文章中介绍说：文牍内容是精绝国王写给孔雀国王的求救信。做足了功课的我，在梦里，不仅变成了通晓佉卢文的人，还是苏毗首领的贴身侍卫，向首领报告说：'这是一份写给孔雀王的求援信，信中提到，苏毗人强悍善战，如果得不到孔雀王的救援，精绝国将遭灭顶之灾。所以乞求孔雀王速派救援军队来解救。'

"首领摘下头盔，狂笑道：'得感谢我们苏毗人的神速，感谢我们女王的英明，千里之外的女王，有着千里眼、万里耳，一切都在她的掌控下，如果迟到几天，错失良机，我们就不会像今天这样轻易地攻克城堡，假如孔雀王派兵参与，那么苏毗国将变成与两个国家为敌，小小的精绝国不足对我们构成威胁，我们对付它，如抓待宰的羔羊一般容易，如囊中取物一般顺利，不过他们一旦与孔雀国联手，小小的精绝国得到孔雀王朝这座大靠山，我们的处境就尴尬了，惹不起只有躲得起的份儿，那可只有大风追着我们向山下跑的份儿，哪有我们逐风捉鹿上山的机遇。'

"我还看过资料，二十世纪初的文物大盗斯坦因从克什米尔出发，来到了雅尼河绿洲，发现了一个农民从沙漠深处带出来的有文字的木板，精通八国文字的斯坦因，认出了这是古印度的佉卢文，这个嗅觉灵敏的文物贩子，既专业又老到，几十年的文物盗窃生涯，早就练就了他的职业敏感度，他马上发现了玄机。在当地农民的指点下，他在大漠中发现了一个古堡，发掘了大量的文物，据说足足装满了十几个大木箱，偷运回英国，这次盗得的文物有佉卢文木牍五百九十五件，大量的皮革文书和汉简，铜器、金器、玻璃制品、纺织品等文物，因文物盗挖发现于雅尼河畔，被他命名为雅尼遗址。尝到甜头的文物贩子斯坦因，于1913年又一次来到古墓，盗走了大量文物。贪婪无度的斯坦因于1925年又来盗掘文物，这次，没有得逞，被迫交出了盗掘的文物。因为那时候的民国政府，在有良知的知识界文化名人的助推下，颁布了文物保护法案，斯坦因被迫乖乖地交出了所盗发的文物。我对资料里提到的汉简有印象，这点说明精绝国与孔雀王朝来往甚密，同时与千里之外的中原之地也保持着密切的交往。在那个年代，造纸术还没有出现，国与国的文书来往用木牍写成的，古堡里发掘出来的文牍，有两种文字，汉字和佉卢文，就是说当时的精绝国与孔雀王朝和中原的汉室王朝关系最密切，孔雀王朝与精绝国是地理位置与商贸为重，交往密切，而千里之外的中原汉朝与精绝国是地缘版图与政治藩属为重。

"我是在梦外知道文牍佉卢文的内容的，其实，据说当今世界能破解佉卢文的专家不超过十个，我记得国学大师季羡林懂佉卢文，而当今世界，懂佉卢文的人比国宝熊猫还稀少，可在梦里，我是懂佉卢文的行家。我是这样做的：在旁边提醒苏毗首领，'还有中土的大汉国呢'。首领从鼻孔里挤出不屑的哼哼说：'奔跑在旷野的马，闪电也难以击中它，我们就是那奔跑在旷野的马；中原汉地的军队虽然强大，可是千里奔袭而来，不过是疲惫之师，自身难保，奈我们何？即使他们现在正在赶来的路上，也鞭长莫及，爱莫能助，我们已经攻克精绝城堡，牢牢掌控了精绝国，他们的五百守兵不够我们塞牙缝。真正的威胁只有来自孔雀王朝，当他们看到牛粪烧成灰，冰雪化成水，马驹跟母马跑了，只能看着我们的马屁股发呆，对我们毕恭毕敬。谁还为了他国去树立一个强大的敌人？'

"随从附和道：'等到精绝国属于我们苏毗女王时，孔雀王也只能抬头望月亮望星星，认清眼前的定局，跟他们何干，傻子才会与我们为敌，因为我们手里掌握着他们离不开的两个致命法宝：一个是盐巴，另一个是铁器。'

"另一个手下说：'还有中土商队运过去的华贵帛绢，他们何乐而不为，直接与我们做交易，搬掉途中碍手碍脚的精绝，说白了，精绝国是被我们养肥的羊。可他们越来越贪心不足蛇吞象，过关税逐年加码，惹得女王动了杀心，想到拔出眼中的刺，这就叫自取灭亡，肥羊的罪过就是它自己吃得太肥了，即使关税不加码，我们英明的女王也早有心吃它了，你们说猎人惦记上猎物，不就是等好时机猎获它吗？'

"此话引来苏毗人一阵阵的狂笑。首领听后说：'从此以后，精绝国就是我们山坡上放养的奶牛，牛奶由我们挤，供我们苏毗人喝，肉供我们苏毗人吃，皮供我们苏毗人用。'

"有人问首领：'首领，精绝王和王室的人员，已经悉数逃出

去了，难道我们就这样放过他们吗？'

"'绝对不能，防止他们卷土重来，以绝后患，女王早有手令予我。'说着首领从袍衣的怀里拿出令箭示意人，'女王传令说：打蛇打七寸，占领精绝，斩杀国王，杀伐反叛者。我们乘胜追击，今晚休整，明天追杀精绝王和王室成员，我们才算大功告成，精绝王室不除，只能是事倍功半，苏毗的勇士们，从目前的形势看，我们离胜利只有一步之遥了，勇士们，今晚吃饱，喝足，睡好，恢复体力，明天大干。'

"这一夜，苏毗人宰羊杀牛，饮酒作乐，挥去了一路的风尘，吃饱喝足美美地睡了一夜。

"还是在昏天暗地的环境里，能见度很低，看不清楚人们的五官，而每个苏毗人脸上，涂抹着赭褐色膏体的面饰，风吹日晒，把他们的真面目包覆起来，只有炯炯有神的眼睛，表达出喜怒哀乐的情绪，从他们的眼神里，看到的尽是骄傲，洋洋得意；从容的动作里透着蛮横的自信和力量的浇铸，个个都一副本有的胜利者的妄为恣睢，傲视着被战火毁了的破败的精绝国城堡的一切。他们打扫战场，埋葬死尸，整理古堡，敛集财物。

"战胜者往往把精力放到了改换门庭上，随着精绝国的城堡正门'咣当'一声，颓然落下用佉卢文和汉隶书写的精绝国的牌匾。苏毗人随即竖起了用梵文写的'苏伐拿刺瞿呾罗国'的牌匾，意思是说苏毗女王（当权）的国家。从此那个西域商道上，第三十六个国家——精绝，就像落下的牌匾倒地，而一个女儿国，在西域商道上有了一席之地。

"多少年后，贞观十八年，唐玄奘也是在这样一个风沙吹得昏天昏地，不清明的午后来到此国，精通梵文的他，站在牌匾下认真读取了这个国家的信息，因而在他的《西域记》西域三十六国里，没有汉书中记载的精绝国，因为他到来时，精绝国已经不在人们的认知记忆里，它不复存在了二百年有余，难怪他从匾额中，明明看到的是女人当权的国家，并向客栈的人们求证过，此国就是一个由女王统治的女儿国。有关精绝国的信息，随着时光的流逝，淹没在了历史的长河里。又过了七百多年后，吴承恩站出来，大话这个早在五百年前左右退出历史舞台的女儿国，为了追求他的志怪小说的奇幻情节，把女儿国大话成妖界魔国，什么能坐胎的母子河，能落胎的怪泉，招玄奘为乘龙快婿的欲望女王等，其实，西域出现的女儿国，是被苏毗女国抢占了地盘的精绝国，确切地说，精绝成为苏毗女儿国的势力范围，不过是一个收税的关卡，这就是玄奘到达时，精绝国已经覆灭，没有一点儿消息的原因，自汉朝记载至今天发现，精绝国在历史上销声匿迹了近两千年的时间。"

央金边听梅梅讲，边在心里打鼓，问号排着队在她脑子里层出不穷，她问："听你讲苏毗国与精绝国的时间关系，苏毗女国到底存在了多少年？"

梅梅沉思了片刻说："不少于六百年，确切说以国家的形式存在应该是二百多年，但是这六百年间包括它进入青藏高原腹地的时间，一支外来的族群，不可能一到此地就能称王称霸，它有与土著民之间的抵御、入侵、争夺，经过一两个世纪漫长过程，族群、习俗差别、仇恨的缝隙才得以消弭，慢慢融合。站住脚跟成为霸主又不少于百年的奋斗，灭精绝时，苏毗正处于扩土拓疆的上升期，也许那个时候还没有达到苏毗的鼎盛期，有可能它不是以一个国家的身份亮相，而是以一个强大的部落扩张的身份。"

"苏毗，是什么意思呢？女王的名字？前面你说在梵文里'苏伐拿剌瞿呾罗国'是女人掌权的苏毗国之意？"

梅梅摇摇头，又点点头，她也在思考。"我见过史料说，《隋书·西域女国传》中记载：'其国代以女为主，王姓苏毗，字末羯。'说明苏毗本是女王的家族姓氏，后代以部落首领的姓氏取代国名，'末羯'才是每代女王的字号。比如与它同时代的吐谷浑国，就是以他们的祖上首领慕容·吐谷浑的名字为国名的。"

梅梅为央金讲解，讲着讲着，她察觉出《隋书·西域女国传》的记载不能自圆其说。央金也听出了不对劲儿，她忙叫住："打住！梅梅，以此推理，不对，我看过有关吐谷浑的资料，应该是'慕容'是姓氏，'吐谷浑'是首领名字，就是说，'苏毗'是那一代女王的名字，'末羯'可能是姓氏。"

"是啊，好多资料说苏毗王室是鲜卑人，与吐谷浑国同族同源，吐谷浑是纯鲜卑人建立的国家，苏毗国是一个部落联盟邦国，从他们国灭王室回中原看，王室和旧贵族是鲜卑人。历史上记载，吐谷浑国与苏毗女儿国关系很铁，就像如今我们与巴基斯坦两国关系很铁一样，国名的来源如出一辙。所以说，尽信书不如无书，在我的认知里，总认为苏毗是那一代建功立业有铁血手腕的女首领的名字，苏毗国名以这位有作为的女首领名字命名国名的可能性大。"

"梅梅，你的这个推理分析更合理。以前我认为苏毗人是古西羌人，听你这么讲，颠覆了我的认知。"

"呵呵，这个话题你提得有些刁钻，平时有过疑问，现在好多专家学者普遍认为苏毗人是羌族的一支，也有人认为是鲜卑人，从一些史料看，我认为苏毗人没有进入前，最先进入的是古西羌人，你认为呢？"

"不知道才问。"

"我偏向于鲜卑人的说法。"

"我认为一切皆有可能，不要迷信专家，你为啥偏向于鲜卑人之说呢？"

"这也是经常困惑我的问题，任何事没绝对正确的，我的理由是：古西羌人很早就进入了青藏高原，再被高原化，融入了土著人，多少年过去后，古西羌人变成了土著居民，苏毗人是后来者。在古中国的历史中，鲜卑人与匈奴是对中国影响最大的两个游牧民族。东汉光武帝时期，公元45年，鲜卑人作为匈奴的隶属，随匈奴侵入中原边境，匈奴分为南北匈奴后，鲜卑人脱离了其控制，迁入中原大举汉化，还有一支仍然过着游牧生活，吐谷浑就是迁入青藏高原，在河湟谷地一带建立了国家的一支鲜卑人部族。苏毗活动于青藏高原腹地的时间，与吐谷浑在青海周边出现的时间相近，而且他们之间有一种打断骨头连着筋的亲密交往关系，两国相继被吐蕃政权所灭所并吞。详细情况以后再说，扯远了，这些不是梦的内容，还是继续讲我的梦故事。"

央金不假思索，懂了梅梅要说明的意思："我懂了，不过是个苏毗人组成的强大部落，社会组织形态是母系氏族部落，以女人为尊，精绝的文牍中提到的是凶悍的苏毗人，没有说是苏毗女国的人，那个时候也许女王还没当权，说白了母地还不存在苏毗女儿国。苏毗还没有确立一个国家，所以精绝人不可能有苏毗女儿国的叫法，只提到苏毗人，从称谓可以看出，有苏毗人已经进入青藏高原，但是女儿国还没有建立。既不知道苏毗人是母系部族，更没有苏毗是女儿国的概念，是一个正在开疆拓土，为建立政权打基础的部落，处在上升期，这就是精绝国王求救信中苏毗人带着杀气，很勇猛凶悍形象的原因。"

"是的，对国家的概念是我们当今的观念看法，那个年代，几个部落就可以组成一个国家，西域三十六国用我们当今关于国家的概念看，一个也不符合标准，从它做了霸主算起，到被吐蕃征服，四百余年左右，可以肯定隋朝年间到天宝年间中期，这二百年左右，苏毗女国可是一个妥妥的强国，不容置疑。"

央金脑子里一个接一个弹出的疑问，让梅梅过了把边判断思考，边分析解答问题的瘾。

"梅梅，继续讲下文，精绝国的国王、王后和王室成员不是从暗道逃出来了吗？他们的结局和命运如何呢？"

"我还是把平时看到的一些精绝国的零碎资料，在梦境里完成了碎片资料加工整合成一个面，连成一个完整故事。听啊，别再用你的疑问干扰我。

"第二天一早，天还是灰蒙蒙的，东方升起了太阳，像黄昏枣树上挂着的一枚暗红的秋枣，孤零零地在寒风中瑟瑟发抖，时隐时现。首领已经招呼人马整装待发：'大家准备好了吗？今天我们出城堡，去郊外追杀精绝王和王室的成员，凡是王室成员，下手绝不留情，还有凡是反抗的精绝人，一律格杀勿论。凡是臣服于女王的精绝人，刀下留情，不要伤害他们的性命。不是我们不想杀死他们，而是我们要在精绝站稳脚，想做人上之人，骑在他们头上作威作福，少不了需要他们的顺从供养，种田，进贡粮食，进贡葡萄干、胡桃等，还要提供马饲料，服徭役，城堡要正常运行，全靠这些精绝国的遗民，这是我们出征前女王交代的。'

"首领拿着皮鞭正在振振有词地发话，这时，一阵冷风'飔飔'地吹来。马开始骚动起来，鼻孔张大，昂头向空中嘶鸣。天昏地暗，翻滚的风团从天边席卷而来，人们惊呼：'看！魔风鬼尘来了。'只见弥天的沙尘暴从城堡的西北面像一团黑云卷来，风力一阵比一阵强劲。首领猫着腰，吃力地迎着风暴，眯着眼挥臂指令：'快！躲沙暴！'人们一下散开，牵马向掩体跑去。首领跑进了城堡的一处粮仓，进了地下粮仓，黄澄澄的麦子堆满仓库，首领对手下说：'这些粮食全部运回去献给女王，这趟出征的最好战利品，就是这些珍贵的粮食。'

"手下却说：'我们这趟出来最大的战利品是精绝的这座城堡，最大的胜利是我们将精绝国收到了女王的麾下，从此以后它是我们苏毗女国的地盘了，至于这些粮食，首领，路途太远了，驮运不划算。'

"首领不苟同手下说：'此言差矣！我们那儿是苦寒之地，有些地方只能种青稞，麦子很少，物以稀为贵，珍贵才是远道驮运的价值，顺便带几个精绝国的人，把西域人用麦粉烤馕的方法带到苏毗，给我们尊贵的女王烤馕，有了雪山，还怕河水断流？有了精绝遗民种麦子，还怕女王吃馕断供？'

"'首领就是首领，站得高看得远。不过我得提醒首领，可不能把粮仓搬空，我们留守人员要整整过一个漫长的冬天，直到第

二年秋收，才能接续上。'

"首领用他那笨拙的毡靴一脚踢在随从的大腿上，厌恶地说：'卸你一条腿，多嘴，明明是跟着跑的一条狗，却操主子的心，难道我不懂，会把自己饿死在粮仓边？'

"随从摸摸被踢的腿：'首领，你误解了在下的意思。'

"'你什么意思呢？'

"随从怯生生地说：'我真正的意图是想告诉您，这里的粮食不能动，一是路途遥远，驮运回去损耗大，不划算。二是要运回精绝王宫的财宝，这才是女王心心念念想得到的财富，您想，献给女王粮食和财宝，她会喜欢哪个？'

"又是一脚踢过来：'蠢奴才，还用问吗？'

"随从壮着胆子又多嘴：'给女王带回去几口袋馕足矣。'

"首领咧着大嘴笑了：'这主意不错，可是我们的女王虽说有通天通灵的超能，也不及知晓我们面对的实际情况，将在外谋不在勇，而在于善于把握眼前遇到的实际情况，现在决策的主儿是我，我替女王陛下分担责任做决定，运回财宝，顺带给女王带回去几褡裢馕，尝尝沙漠人的美食，这馕坚韧不易揉碎，又能储存不腐败。粮食就不运回了。你有此主意，真是强将手下无弱兵，看看在谁的手下听差呢！'

"外面的风沙刮了一天一夜，只吹得天昏地暗，灰蒙蒙的天地连成一团，辨不清方向，一切裹在里面不见天日，不见地，不见人马。

"逃到郊外村落的精绝王说：'天助我也，天不让我亡，我就不该亡。'

"王后却忧心忡忡可没有表现得那么乐观，她反问国王道：'国王，您对我们严峻的处境看轻了，您没有狼子野心，不等同于苏毗人仁慈会保全我们全家的性命，我看只怕他们穷追不舍，早对我们动了斩草除根的杀心。老天是公平的，阻止了苏毗人来追杀我们的脚步，可同时也困住了我们逃避苏毗人追杀的腿脚，老天既没有助威苏毗人也没有帮助我们，我们一步都没有走出危险地。'

"王后这一说，王室成员们乱了方寸，大家从侥幸中醒悟，他们的生命威胁并没有因一场沙暴而缓解，苏毗人的铁骑随时可能踏来，刀剑悬在头顶，国王无望地问王后：'我们去哪儿呢？五百军人没剩多少，手无寸铁的民众保护不了我们，最好能去孔雀王那儿避难，可又怎么逃出苏毗人的魔掌呢？他们的马匹驰骋千里，我们老弱妇孺，两条腿跑不过四条腿的追杀。'

"'国王，我们只能孤注一掷地逃命，装扮成一支商队，要么向东去汉地投奔汉王室，要么向西去寻求孔雀王的庇护。'

"'王后，依你之见，我们去哪儿把握大一些呢？'

"'既然您征求我的意见，恕我直言相告，我觉得去汉地中原的把握大一些。去孔雀国虽然距离近，可是孔雀王朝与花脸苏毗人走得很近，我们与孔雀王的关系有多好，苏毗人与他们的关系就有多好。落难的凤凰不如鸡，孔雀王趋利避害，我们的性命朝不夕保，再说苏毗人经常出没于孔雀王国，就像串门走亲戚一样，我们在孔雀国避难，终日惶恐不安，朝不保夕。如果去汉地，虽然路途迢迢，可是离危险越来越远，性命安全把握大。还有，我们也许半途中会遇见汉朝的援兵，不用去千里之外的汉地，我们可以杀个回马枪，夺回我们的城堡，赶走花脸苏毗人，夺回精绝国，不是没有可能。去中原，你们不要误解我，不要认为我是中原汉室人，想回到故乡，而是迫于形势，眼前只有向东走。而且我们向东走，对苏毗人有很大的迷惑性，按常理判断，我们应该就近向西逃，那里有孔雀国王，我们反其道而行，一来可以迷惑敌人向西扑空，二来给我们逃亡拖延时间，即使敌人发现上当了，也能给我们节省两天的时间，这两天也许是我们逃离苏毗人魔掌的关键。'

"精绝王沉吟半晌说：'王后，你分析得不是没道理，我赞同你的向东走的提议，今晚我们做准备，明天上路。'

"这一夜，民众倾其财，尽其力，为逃亡的王室准备了路上的干粮、水囊、车马、货物。

"精绝城堡的苏毗人也没有闲着，他们的首领已经下了命令，明天天一放亮，人马出动，一部分人向西截住他们投奔孔雀王的退路，一部分人到郊外的村落去搜捕追杀精绝王室成员，首领再三强调：'我再重新通告女王下的死命令，女王有言在先，对国王和王室的人，留人不留头，不留死灰复燃的后患，我们无条件地执行斩草除根，格杀勿论的命令。'

"苏毗人阵营里传来震耳的回应：'阿修罗神！保佑女王，阿修罗神！助我们取得胜利。'

"晨曦中，属民跪送将要去逃难的国王和王室的人，他们抢地呼天，痛哭流涕，像失去父母的孤儿一般，千叮咛万嘱咐护卫、随从，保护好国王王后及王室的人，并希望国王早日回归。精绝王已是泪眼婆娑，像远嫁的新娘前途未卜，伤心至极，不敢多看一眼臣民们，他背过身摆摆手，招呼臣民们起来，也不敢向臣民们承诺什么，毕竟凶途难测，怕辜负了他的子民们，只是哽咽不能语。

"王后红着眼圈说：'子民们，大家起来！我们是暂时离开你们，不是抛弃你们，为了保命，为了能回来，国王和王室成员是去避难，等到时机成熟，我们东山再起，你们仍然是我们忠实的子民，精绝王仍然是你们的国王。'

"几个老者出面，催国王上路，说服众民：'不要拦路，时间紧迫，让国王他们快去逃命吧！'几十个护卫扮成商队押镖的人，女眷们都是女扮男装，王室的老弱病残都留在了村子里，年幼的王子公主寄养在了村民家。六十多人的'商队'，在东方天边露出鱼肚白之时，王室成员护卫随从，启程踏上了东去的逃亡之路。

"太阳爬高，万道金光透过灰蒙蒙的尘埃，照在田野阡陌，照在村落的土墙和简陋的民舍上，呈现出一种破败、死气沉沉的悲凉氛围。每个村民们都怀揣一颗惴惴不安的心，在为上路的国王一行人担忧。天不遂人愿，事常逆人心，怕什么来什么。

"郊外的小道上扬起了尘土，人们伸长了脖子警觉地看去，只见苏毗人策马向村落奔来，大人小孩见状，四处逃散，往家里跑，往树林里跑，往葡萄园里跑，都想躲藏起来。

"苏毗人到了村子，手里拿着马鞭，露着凶光问：'告诉我们，你们的国王藏在哪里？王室的人在哪里？'

"首领一边把马鞭打在自己的左手问话，一边瞪着一对狐疑的眼睛，从每个村民脸上扫过，想看出点破绽。村民们低头不语，火辣辣的太阳烤得人目眩头晕。局面僵持了一会儿，苏毗人失去了耐心，从人群中提溜出几个孩子，首领揪起一个孩子的耳

朵问：'小孩子是不说谎的人，告诉我们，你们的国王在哪里？'

"受惊的孩子惊恐地大哭起来，一孩儿哭，其他孩子跟着大哭，人群中一阵骚动。苏毗人都下马拔出腰间的长刀示人，围住了人群，带着凶器的苏毗人和手无寸铁的精绝属民杠上了，场上气氛一触即发，这时，一个白胡须老者站出来，打破了僵局。

"'远道来的客人，你们这几天在城堡里做了什么？你们来的目的应该达到了，城堡的主人，不是已经改头换面了吗？我们做子民的，不管是谁，得纳贡缴税，你们不应该来为难百姓。自古以来，胜者为王，败者为寇，国王不是被你们杀伐，就是落草为寇了，精绝国王不是傻瓜，能躲在你们的眼皮底下等死吗？听说孔雀王是他的好兄弟，假如他的头没有落在你们的刀下，我估计国王应该是向西去投奔孔雀王了。'

"苏毗人首领的副手一听，着急了，翻身跳到马背上喊：'快上马，我们向西去追。'首领却迟疑未动，看着老人，老人一脸淡定，反盯着首领的眼睛。首领收回了锋芒的眼光，机械性地翻身上马，才看到自己已经落在了马队最后。村民们看着远去的苏毗人背影，长长地吁了一口气，向老人围拢过来，有人说：'多亏您老人家出来机智地化解了危险，他们向反方向追去，我们的国王安全了。'

"老者摇摇头，沮丧地说：'只能说国王一队人马暂时安全了，最终明白过来的苏毗人知道上当了，又会向东去追，就看他们的造化了，万般皆是命，半点不由人啊！'"

央金如坐针毡般紧张，问："梅梅，快讲！我想知道精绝国王他们逃出了苏毗人的追杀吗？剧透一点呗。"

梅梅故意卖关子，说央金："你真是个急性子，听故事要听环环相扣的情节，情节要有过程，不懂得享受过程，就想结果，听故事都这么功利，剧透了就没有吸引力了。在梦里，我是最忙碌的那个人，时而走在沙漠里单调漫无目的的跟国王逃亡的路上，时而策马扬鞭，在苏毗人的队伍中奔袭，我是隐形人，在黑暗里若隐若现，若即若离，紧绷的神经，始终处在箭即将离弦的状态，小心脏时时悬着，紧张，压抑……"梅梅把头伸到央金的怀里："你看，我容易吗？一夜的梦，浓重的黑眼圈，把我打回了熊猫的本相。"

"梅梅，不发感慨好吗？你不能把我念念不忘必有回应的兴趣与功利画等号，过程太繁，我这人简单，就想知道结局，你其实像现在科学上新发现的暗物质，看不见，摸不着，又在不断运动的暗物质。"

"哦哟！不得了，央金你可不是简单之人，已经开始探索深奥的科学了，科学上的新概念词汇引来了，你让我刮目相看。你不是嫌我讲得像懒婆娘的裹脚布，又长又臭吧？"

央金摆摆手："难道你还不了解我这个人，大大咧咧的，没心没肺，哪有你缜密的逻辑，有板有眼的思路，好吧，我不插嘴了，你继续，听得我入神，脑细胞活跃起来，也想参与到你的故事里。"央金忙努力地做了一个闭嘴的动作。

"苏毗人向西追了两天两夜，纵深到孔雀国的土地上，与先前的人马会合，一路上他们向遇到的商队和沿途驿站的人打听，都说没有碰见过赶往孔雀国的人马，副将对首领说：'事实证明，精绝王没有向西逃亡的迹象，再追下去，恐怕精绝王向东逃脱了

我们的追杀，首领，我们回过头，应该向东去追，他们四天的路程，我们只需要一天半就能追上。'

"首领一挥手就做出了决断，苏毗人马原道返回，他们一路疾驰，快马加鞭，马不停蹄，野性带着颠顸，一路追赶，一股不杀精绝国王不罢休的豪横气直冲苍天，杀气腾腾地反扑过来了。

"精绝国王一队人马，除了远嫁而来的王后，好多人没有走过这茫茫戈壁的体验，与训练有素常年征战的苏毗军队相比，简直就是家雀与山鹰之别，他们走走停停，侥幸于过一天算一天，觉得离危险远了一些，心里就多了一份安全感。几天来他们紧绷的神经一天天松弛了下来，连走一步，看十步，忧患意识很强的王后，也有了些许欣慰，似乎看到希望在眼前。第七天早晨，取水的女仆慌慌张张抱着瓦罐跑来，浑身已经被水洇湿，她咿呀咿呀向大家指着远处：'看，那是追来的苏毗人吗？'

"大漠地平线上，出现了几个苍鹰大的黑点，王后一看形势不妙，让人们收拾车马行李，决定大家分成两队人马，分先后次序向两个不同的方向逃亡，一队人马往前走，一队人马调转方向，向苏毗人来的方向迎面而去。大家提议国王和王后不要分开，迎着苏毗人的方向去，最危险的地方也许有最大的转机，苏毗人不会想到国王他们会迎面而来。按提前商量好的对策，分配好的人员，逃亡马队迅速行动起来，各走一路，紧张有序，王后安慰人们'危机解除后大家再聚首'。

"几个黑点随着渐渐接近，显山露水，露出原形，是苏毗的人马。不必言语，与国王王后一队人马相遇。他们下马堵住去路，问：'你们是从哪儿来的？'

　　"'我们是从高昌，经楼兰来的商队，打算去孔雀王国做生意。'首领用眼神示意手下的人搜查，跋扈的苏毗人翻货倒袋，见了金银珠宝，顺手揣在怀里，国王的人看见了敢怒不敢言。苏毗人翻看了一番后，开始查人，把女人和男人分开，要求摘取面纱。当一个苏毗士兵扯取王后的面纱后，他直愣愣地看着王后说：'首领，这儿有一张中原女人的面孔，据说精绝王后是中原女人，难道她是……'大家对这突如其来的一问，一下不知怎么应对，紧张的气氛，一下凝固住了，王后僵在原地一动不动，这时国王出来说：'这女子是拙妻，她是高昌国马氏族人，自然长着中原女人的面孔。'

　　"首领下马围着国王和王后仔细打量，疑窦丛生，他肚子里有一万只蛔虫，在搅动他多疑的神经，于是右手中攥紧的马鞭，挥向空中，一声'搜身！'，手下的苏毗人齐刷刷下马，粗鲁地扑向人群，首领强调了一句：'不要放过任何一个人。'

　　"王后下意识地双手护住了胸前。一个苏毗人看出了端倪，向身边的另一个苏毗人使眼色，两人径直向王后走去。动作野蛮的苏毗人，不分男女，特别是对女人，如饿狼扑向羊群，趁机撕扯衣衫，乱摸乱抓，引得女人们尖叫哭泣。这两个苏毗人，同力协作，配合默契，一个士兵抓住王后的双手，一个士兵撕扯王后的衣服，一层一层剥去了王后的衣服。

　　"生活在西域的人们，为了防御大漠风沙，所有人无论男人还是女人，都习惯穿着高领宽大的套衫，王后身上的内衣外套尽是中原丝织物。一苏毗人说：'这女人身份不简单，是王室的王后还是公主？'一边剥王后的衣服，一边说出了心里的所想，衣服剥到贴身的胸衣，士兵一把拽出了一件长方形的锦缎，绿色鲜艳的底幅上绣着淡黄的简单图案，苏毗士兵好奇地拿到首领面前，大呼小叫地问：'首领，你看，这上面有中原的文字，是书信吗？汉地的习惯，用绢帛写书信。'

"首领一把抓过来，拿在手里左右端详，说：'是中原的文字不假，快叫那个凉州的通司（翻译）过来看。'搜身还在进行，场面一片混乱，这时随军的通司着急忙慌地跑来，首领扔给通司问：'这锦缎上的汉字，什么意思？'

"通司接过手看了一遍又一遍，吃惊地说：'首领，这块锦缎上有十个字：世毋极锦宜二亲传子孙。'

"首领傲慢鄙夷地瞅了一眼通司：'瞧你那装斯文的温顺样，有屁快放！你紧张什么？这几个字什么意思？'

"'首领，这是一件汉王室赐给家人的结婚贺礼，意为这份珍贵的礼品，庇佑世世代代的子孙，至千秋万代，我看这女人不是精绝国的王后，也跟汉王室有瓜葛。'

"首领喜形于色，脑洞大开，命令手下：'继续搜，不要放过任何细节。'苏毗士兵分头从女人堆搜到男人堆，从搜身到搜货物、随身包袱。苏毗人又有了新的发现。

"'首领，这面锦缎被子也有汉字。通司，快过来看一看。'

"通司迈着碎步急促地跑过来，拿起锦缎被子。一面蓝黑底幅的织锦缎被面，上面有红色图案，黄色的锦线绣着十一个醒目的汉字'王侯合昏（婚）千秋万岁宜子孙'，色泽艳丽，泛着丝绸锦缎的光泽。

"'首领，这面锦被也是来自汉王室的结婚贺礼，汉字的意思

跟前面的一样，是新婚的祝贺语。'

"首领抓起锦缎丝被，用粗粝的手抚摩着被子说：'果然是来自中原王室的贺礼，好东西，质地上好，贵重华丽，只有我们至高无上的女王才配拥有。'

"这时，又一士兵拿着从国王内臂扯下来的，前面提到的王后戴在国王手臂上辟邪的那个五重织锦护臂，兴冲冲地跑到首领面前表功：'首领，看！我搜到了一件稀罕物。'指着国王说：'套在那人的右手臂。'

"通司接过手，拿到首领面前介绍说：'这是汉地武将们用以骑射的辟邪护具，只有汉皇赏赐给他们有战功的将军们。这人身份不简单啊！一个商队的头儿，怎么会有这般贵重的封赐赏品呢？'

"首领低头对手下低声说：'看来我们的追杀接近尾声了。'他一遍又一遍爱不释手地摸着这三件宝物。

"'首领，你想把这锦缎丝被敬献给女王吗？'

"'是的。'

"首领看了看面前的三件东西，向手下使了使眼色，手下心领神会，聚拢到一起嘀咕。人们都知道，这三件东西出卖了国王和王后的身份，他们百口莫辩，越是辩解，国王王后暴露得越早。所有人都静静地等待苏毗首领作出最终的判断结果。

"苏毗人凑到一起商议了好一阵。

"'首领，山头上站立的野牦牛，再远也看得清；尖利的兵器，发出的是清脆金属声，不是石头碰撞的声响；牛粪熬不出放盐巴的咸茶。明摆着这一男一女就是精绝国王和王后，这群傻

子，竟敢把肥肉送到嘴里来。'

"通司说：'非也！他们其实很聪明，想通过油灯照不着的灯台下来迷惑我们，越是危险的地方越安全，他们想利用灯台下蒙混过关，阿修罗神帮我们识破了他们的诡计，中原人的计谋，精绝人的破绽，被苏毗人的鹰眼一眼识破。'

"苏毗人群发出了胜利的欢笑。"

央金举了一下手，表示又忍不住有问题发问了："梅梅，不好意思，打断一下，阿修罗神是佛教里天龙八部中的非天，这神是佛教六道中的护法神，难道说苏毗女儿国的人们在那个时候，就信仰佛教吗？他们所处的年代，佛教还没有传入青藏高原，难道说苏毗人是青藏高原上最早信仰佛教的信徒？"

"我想，苏毗人信仰阿修罗神，不是完整系统性地信仰佛教，仅仅信仰佛教的一小支。选择信仰阿修罗神，估计苏毗人有这样的考量：佛经提到，当阿修罗神为男身时，形象特别丑陋易发怒，爱跟众神争战；当阿修罗是女身时，相貌端正美丽。阿修罗与帝释天之间引发战斗，原因是阿修罗有美女而无美食，帝释天有美食而无美女，两神互相妒忌你有我无的东西，经常打斗，所以民间把输赢不定的残酷战场叫修罗场。苏毗人，尤其是最高权力者女王选择信奉阿修罗神，看中了阿修罗神的四个品相：男身时健壮勇猛，担当道义；女身时容貌昳丽，端庄温婉，我认为，他们是独信佛教的一支，即选择性信仰，没有系统性佛教信仰的概念。不能以偏概全，不是完整意义上的信仰佛教，而是笃信一个神而已。"

"哦！是这样啊，我心中的疑惑解除了。接着讲，苏毗人看出破绽，就地行动，杀了国王和王后吗？"

"首领就是首领，不同于只知道动手杀伐，不用脑袋思考的手下，他那狡黠的眼珠子转了几轮，作出决定：'为了不引起更大的反抗和不必要的流血冲突，我们尾随在他们身后，晚上悄悄动手，结果精绝王和王后的性命，其他每一个活着的人，就是一座取之不尽，用之不竭的小宝藏库，让他们成为我们所役使的奴仆，活人也是一笔财富，让他们终身为奴。'

"手下提醒：'首领，您不是说苏毗女王下令，凡是王室的成员一律斩草除根，以绝后患，我看这堆人中十有八九都是王室成员。'

"苏毗首领的眼睛骨碌骨碌地转了几圈说：'将在外可以不守王令，女王的命令可以灵活把握，在杀伐中，我们的人也会付出生命代价，精绝国王、王后身边的人不会伸长了脖子等我们砍头吧，他们会拼着命护驾，双方大动干戈，不管哪方输赢，血腥杀戮面前，谁能保全我们毫发无损。再说如果我们把王室成员全部斩杀，势必激起精绝国上上下下的反抗，他们反抗的后果，必然是我们更多的人要付出生命的代价，把精绝国人杀光的同时，我们的后路没有了，只有逃跑的前路，是不是得不偿失？这不是屎壳郎往山上滚粪——白费劲。'手下羞愧地吐着舌头，缩了缩脖梗服服帖帖往首领身后站。

"'等我们赶回城堡，当他们发现自己的国王和王后没有了，就会死心塌地地跟着我们。对精绝的遗民，像对待马，屁股上狠狠踢一脚，头上就得温柔地安抚百余下，我们一定要做到少杀伐，多做安定收买人心的事，这样，精绝的子民会臣服于我们，

女王的疆土会越来越广，女王的威名会震天下。'

"手下人一致赞成首领的英明决定。

"于是，苏毗人换了一副面孔，把劫掠的财物假惺惺地还给了精绝人说：'既然你们不是精绝王室的人员，我们与你们商队搭伴而行，回精绝城堡，现在精绝的主人是我们，你们商队过关，奉上税银。精绝的国王不管逃向何处，也逃不出这茫茫沙漠戈壁的魔掌，我们已经追寻了几天，他们只会葬身于这漫漫的黄沙地。我们不想再费劲，由他们去吧，精绝国的城堡主人已经是我们苏毗人。'

"苏毗人安排假商队走在前面，他们跟在后面。与虎狼同行，那种心理的煎熬，无以言表。假商队惴惴不安地赶了一天的路，天黑前来到一处戈壁滩歇息，苏毗人们在离他们不远处安营扎寨。首领派人监视前面人们的动静，窥伺国王与王后帐篷搭建的位置。

"大漠的夕阳跌入天边，残云绕着晚霞，努力地集结，昏暗的光线给四周环境涂抹上了忧郁的神色，替精绝王夫妇哀伤，好像已经预知到了夜晚会发生悲惨的一幕，气氛变得凝重，精绝人局促不安。

"这一夜，两边的人各怀心事，国王想，这群苏毗人像掠食的狼群，缠上不松口，他们是不是嗅到了什么，明明汉王室的贺礼就说明了我们的身份，可他们不动声色，褡裢口袋里装的是什么货？精明的王后看出了端倪，更加提心吊胆：'国王，这群花脸苏毗人，总跟着我们没有那么简单，这样下去凶多吉少，我们得想个计谋摆脱他们，继续向东赶路。'

"'王后，你是早看明白了不说透而已，我想他们早已识破了我们的身份，可又不动声色，控制我们直把我们往死路上逼。今夜我们安排几个护卫守在我们身边，以防不测。'

"国王安排了六个护卫守着他们的帐篷，逃亡的路上提心吊胆，紧绷的神经没有一刻放松过，逃亡的路途环境艰苦，夜夜席地而睡，哪有在宫殿的舒适。经过多少天疲于逃命的国王，这一夜，他实在是没有精力坚挺他的警惕之心，多日的困乏和逃亡路途中的惊恐，精绝王的承受到了极限，倒头便沉沉睡去，而此时的王后，警觉的神经似大风吹飘的乱发，任意飘飞，她没有半点困意，听着丈夫沉重发闷的呼噜声，她透过帐篷的天窗，望着稀疏的星星和碧天里那一轮凄冷孤寂的月亮，心里闪过一丝悲哀，她想起了故乡，这一轮月亮这时同样照在汉地的家园，照在父母的窗前，母亲是否也在卧榻上辗转反侧，想念异域的女儿呢？母子连心，我思念母亲，母亲如是正在想念远嫁的女儿。远嫁的女儿，就是一生的生死离别，想念您，母亲大人，思念之心如刀割一般疼。四周死一般静，国王和护卫的鼾声雷动。王后渐渐进入了梦乡。梦里，她见到了父母，母亲泣涕涟涟，父亲苍老憔悴，指着一个方向说：'女儿快逃命！'又见几个蒙面人举刀向她逼近，她一声惊叫坐起来，此时传来杂乱的脚步声，随即就是一声一声的惨叫声，她推醒丈夫：'快醒醒，有危险了！'

"国王一骨碌坐起来，慌乱抓住妻子的手问：'怎么了？'

"'你听，有动静。'这时三个黑影已经摸进了帐篷，国王夫妇俩抱成一团，身体本能地向后缩，一口长刀借着天窗缝隙的星月，闪着寒光向他们逼近，三重浓重的阴影不断逼近。只听嚯的一声，国王的脖子发出呼噜的响声，一股温热的黏糊糊液体流在了王后的双手上，王后一声'啊'的惊叫，刀柄狠击她的太阳穴。其中一黑影将手指放在王后的鼻翼说：'走！气绝身亡。'

"天蒙蒙亮，早起的随从发现国王和王后的帐篷处一片狼藉，发现异常后，把身边的人摇醒，活着的人们拥向国王王后的帐篷，被眼前的景象惊呆了。国王和王后帐篷外的护卫，四仰八叉地倒在血泊中，他们都是在睡梦中遭到杀害的，场面没有留下搏击反抗打斗的痕迹，可见杀手是有备而来的。大家有了同样的不祥预感，忙走进帐篷查看，掀开帘布，众人都跪地失声痛哭。国王脖子中刀，血流了一地，王后侧身伏在国王身上，四只手紧紧地握在一起，王后看不到外伤，鼻孔和嘴角有血迹。人堆里有一个男人用悲怆的哭声问：'这是谁干的？半夜里下黑手！'

"有人作出了回答：'除了白天抢劫尾随我们的苏毗人，在这荒无人烟的沙漠，没有第二拨人。'

"苏毗人呢？众人想起了相伴的虎狼，此时苏毗人不知去向。

"其实这时的苏毗人，在回精绝城堡的路上。他们散漫轻松地骑着马，在沙海慢悠悠徜徉。手下人说：'可惜了，那三件华美的锦缎没能到手，首领本想献给女王的。'

"通司说：'从中可以看出，精绝国王爱财如命，这些宝物应该留在王室，逃亡保命要紧，他却带在身上，简直就是暴殄天物，死瞎了眼睛。'

"有人说：'通司，你这话只说对了一半，遇到劫财的强盗，财宝是保命的；遇到索命的我们，财宝如草芥。'

"首领冷冷地抛出一句：'再好的宝贝与死鬼沾上边，也晦

气，不要也罢。'

"分开向东走的那队人马，只顾拼命往前赶路。按原来的设计，他们这队人马是诱饵，把危险引到自己身上，把安全留给国王那一队人马，只要苏毗人不停地追赶他们，国王他们就是安全的。他们为了解除国王那队人马的危机，只顾往前多赶路，目的就是不要被苏毗人追上，不被苏毗人识破，才能迷惑住苏毗人，所以他们把一天的路程当两天赶，除了忙于赶路，还是赶路。

"国王这边的人决定，带着国王和王后的遗体向东逃命，没有任何意义，不如让尊贵的遗体不远离故土，入土升天。失魂落魄的人们收起遗体，向精绝方向走去，那种无助、忧愤、失落的情绪，弥漫在人群中，天含忧，风含悲，太阳没有火辣辣地恣肆暴晒，风淡云轻，疲惫的人群安静地行走。为了让国王和王后不至于成为孤魂野鬼，他们带着八具遗体，怀着失落沮丧的心情踏上了归途，向当初离开的村落走去。活着的人们的愿望是将逝者葬在郊外的王族墓地里，也算是魂归故里。作为国王王后的臣民，他们想祖祖辈辈为国王王后守墓祭拜。

"终于他们在离开村民的几天后，出现在村外的小道上。说来奇怪，村民们好像已经预判到这个结果，默默接受眼前的事，没有出现像国王逃难离开时的痛哭悲伤，此结局，在他们的意料之中，又感到希望的破灭来得如此唐突残酷，尤其是男人们，像被抽取了筋骨，精神世界垮塌，心死如灰。女人们看到男人的精神状态，心凉如冰，麻木了。每一个活着的人，参透了为奴的现实处境，国没有了，何为家？连孩子们清澈的眼睛都挂上了抑郁的翳云。

"村里的老者们每天聚在一起，商议有关厚葬国王和王后的事宜。作为精绝的属民，他们明白以后连做精绝的遗民都没有机会了，将改弦易辙成为苏毗人的奴隶，厚葬国王和王后，是他们对精绝国竭尽所能最后表忠孝之举。这场葬礼意义非凡而又神圣，不敢敷衍行事，以隆重的葬礼向精绝国做最后的道别，所以，精绝的遗民不敢掉以轻心，再三斟酌每一个葬礼的仪轨庄重妥当与否，国葬国祭也，一同埋葬了精绝国民的身份。

"向东赶路的人马，在与国王们分开的第四天，他们不见苏毗人追上来，也没有得到有关国王人马的消息，心里开始没底了。继续往前赶路，只要苏毗人不来追赶，意味着国王那边出状况了，他们往前赶都是徒劳。看来迷惑敌人之计，被识破了，担忧加重，决定在原地等一天。这一天，既没有等到苏毗人，又没有得到国王那一路的任何信息，他们感到了凶多吉少，产生了意见分歧，一派认为应该返回去解国王之忧，一派提出回去就是送死，魔鬼般的苏毗人，杀人如麻，有人提出不回去又能到哪里去呢？死也死到家门，不做孤魂野鬼。

"第二天，当这队人马踟蹰该往哪儿走时，来了一群人马。是披甲戴盔狼狈不堪，像吃了败仗的汉军，是的，这群汉军是吃了败仗。他们说本该一个月前到达精绝国的，路上受到高昌国的阻拦，发生交战，三千骑兵只剩了百十人，又遇沙尘暴迷路，只剩五十多人的残兵败将，遇到这队不像商队，不像过客，杂七杂八的人马，急忙上前打听精绝国的情况。当听说精绝国城堡已经被苏毗人占领，精绝王室出逃路遇凶险，国王和王后生死未卜后，这群人跪地面向中原：'汉皇，请恕罪，我等辜负了朝廷委以的重命，属下一路披荆斩棘，驰越西域，没承想路过高昌国，遭遇伏击偷袭，使众多汉家勇士命丧黄泉，奔袭到这茫茫大漠，前不见绿洲人家，后无粮草援兵，运势多舛。屋漏偏遭连夜雨，从高昌国突围出来人困马乏，又遭遇了前所未有的沙暴，阻止我们驰援精绝国，今闻精绝国已沦陷于苏毗人之手，实属吾辈无能，辜负了汉皇。'又面向精绝人跪地号啕大哭：'我们来晚了，没想到精绝国已经被苏毗人攻破占领了。'精绝人告诉汉军：'国王和王后带领我们向东逃命，准备去中原汉王朝避难，谁知苏毗人紧追不舍，要置我们于死地，我们为了引开苏毗人，与国王分开逃命，现在看来，国王那边的处境，恐怕凶多吉少，令人担忧，汉军兄弟！你们为什么不早几天出现呢？'

"两队人马合成一队，有军人相伴，逃命的精绝人心底有一股底气，他们希望快马加鞭，去解救国王。当走到国王遇害的地方，发现凌乱的场面和凝固的血迹，也没有看见苏毗人的身影，一种不祥之感笼罩在人们心头，大家变得神色黯淡，话语很少，人们不轻易开口讲话，汉军首领自责地说：'汉皇收到精绝王后的求援信后，派三千多精兵来驰援精绝国，让我们军队驻扎在精绝国，与精绝国的军民一起守卫精绝关卡，五年一换防。我们从中原到出关，一路很顺畅，进了西域后，沿途遇到的西域国对我们汉军很好，一路过关换牒文，都是通关，提供粮草食宿。谁知，到了高昌国，发生了让我们没有预料到的出着太阳下大雨的事，使我们猝不及防。高昌国百般刁难，并偷袭打击我们，汉皇给精绝国的赏赐、礼品皆被高昌贼人抢劫，把我们追进大漠后往

沙漠死亡地驱赶，想把我们斩尽杀绝，好在一场沙尘暴，让我们迷路又让我们绝处逢生。'

"苏毗首领有言在先，不怕千里之外汉地的救兵来，等到他们长途奔波，来了也是疲惫之师。的确，即使三千人马没有发生意外，也很难抵御这几百名强悍的苏毗人，眼下这五十多汉兵，不是苏毗人的对手。

"终于，汉军和精绝人在干粮袋空空，水囊干瘪，前胸贴后背，断粮断水，挨饿一天后的夜晚，他们进了村落。知道了国王王后殒命的前因后果，民众们扼腕顿足，抱憾汉军早到半个月时间，就不会发生国破家亡的残局，再看看丢盔卸甲的汉军残兵，精绝国复国无望，臣民们认命了。他们做出决定，村民们为他们提供回中原的干粮、草料，不让他们做无谓的牺牲。汉军为了保住精绝王室的血脉，发誓以命相搏，带走年幼的小王子和小公主，遭到王室成员的反对，他们不愿让王子和公主离开精绝的土地，希望留下来，终生为父王和母后守灵，守护王室的墓地，子民们看到自身难保的汉军，希望不要带走王室的血脉，汉军不再坚持。

"'万物已成秋，风吹一片叶'，精绝国已经不复存在。

"精绝城堡让苏毗人占领，关卡被苏毗人把持，精绝的遗民只得每年纳税进贡，苟活于世，生命能得以延续，子嗣得以繁衍。无奈望断天涯路，天高皇帝远，中原汉皇的盛威，顾及不到偏远的域外。

"村民们去城堡向苏毗人要回了保卫城堡战死的将士们的遗体，苏毗人看到精绝的臣民没有过激的反抗，为了笼络民心，他们既没有到村落骚扰，也没有在城堡镇压杀人，反而恢复城堡里的商业活动，客栈、酒肆、作坊相继营业。苏毗人接手精绝国后迎来了第一批从孔雀王国来的商队。

"选了一个日子，精绝国的遗民们为国王、王后以及在这次劫难中战死的将士们举行了隆重的葬礼。这个葬礼对精绝国来说，意义非凡，可以说是为整个精绝国举办的国葬，是一场艰难地与精绝国历史告别的葬礼，从此精绝国走进了浩渺的历史，子民们认清了自己的处境，通过这场葬礼，与精绝国割裂，从此，他们就是苏毗人的子民，精绝国成了历史，湮没在了历史中。

"国王和王后合葬在王室的墓地，四十五岁的国王和三十七岁的王后，生前恩爱，相敬如宾。精绝国王把所有的宠爱都给了这位远嫁来的汉室女人，他们死后，人们把他俩合葬在同一棺木中，臣民们给予国王夫妻以最高礼节的厚葬，用沉香水洗去了国王身上的血污，修补国王脖子的伤口，缝补身首异处的头颅，为亡者洗浴穿衣，给他们穿上了里三层外三层的华贵织锦丝缎，国王的手臂上还是套上了汉皇赏赐的辟邪护具，人们认为它是国王生前贵重的随身物品，可以在另一个世界为国王驱魔辟邪，王后脸上覆盖上了她贴身带的那块绿色的结婚时母亲赠送的护身符，经各种防腐处理过的丝帛，包裹遗体，最上一层盖上了汉皇室赏赐的那床锦缎被子。装棺入殓后举行了隆重的仪式，真是生当同衾，死当同穴，为一千六百多年后的我们留下了一段夫妻恩爱的佳话。

"这就是一生一世一双人的大漠夫妻情。

"五十多汉军白天蛰伏在村落里，尽量不露面，怕招来苏毗人的杀伐，葬礼那天，汉军整装列队，参加了这场特有大漠异域风情的葬礼，同时让场面气氛显得更加肃穆悲壮，这场葬礼，不仅埋葬了一代精绝国王王后和精绝的勇士们，也埋葬了一个国家的国魂和历史。

"精绝国已经回天乏术，汉军为了防止苏毗人闻风而动，招来杀身之祸，也为了精绝国的遗民不受连累，在苏毗人不知情之时，带上充足的干粮饲草趁夜色的掩护，悄悄离开了村落和精绝国的遗民们。"

央金问："梅梅，我很好奇，你说这些汉军回到了中原汉朝吗？"

梅梅想了想，口气坚定地说："悬！我估计，他们没有回到中原，甚至一个都没有回去，全军覆没。"

"你为什么这样肯定呢？"央金歪着脑袋，似含挑衅地等待梅梅给她一个信服的回答。

"不妨让我们推断一下，假如这些汉军中有人活着回到中原，精绝国被颠覆的历史，一定会有记载，不至于三百年左右过去后，发生了后来唐玄奘西天取经，记载西域三十六国出现了陌生的女儿国，却没有记载中熟悉的西域精绝国的信息。"

"五十多个汉军，难道说全在沙漠挂了？"

"对于这个结局，有可能发生了这几种情况：

"一、在沙漠里迷路，活活被饿死、渴死，白天被太阳晒烤渴死，或夜间被冻死。

"二、世上没有不透风的墙，也许消息走漏，被苏毗人全部围攻斩杀。

"三、又遭高昌宿敌的追杀，他们是三千奇兵漏网之鱼，高昌人不会轻易放过他们，这些人逃回中原，就等同于猛虎归山，后患无穷，会搬来中原的大军报复，这一可能性最大。

"四、起内讧，相互残杀。

"五、传染一种致命的疾病，周围所处环境恶劣，缺药少医有可能都死翘翘了。还有不为人知的其他情况出现，有可能我们想象不到的突发事件，遇到沙尘暴或其他偶然性的事件。总之，他们一个都没有活着走出西域。古代交通不便，信息闭塞，放在我们当今，无法想象。就如陶渊明在《桃花源记》中讲的，'问今是何世，乃不知有汉，无论魏晋'，过着与世隔绝的生活。此事应该发生在汉末与魏晋南北朝交替时代，那三千多汉军出关到西域大概是汉朝的末年，接下来朝代更替，天下大乱，这也许就是精绝国，乃至整个西域断了音讯的原因，以至于到了唐朝，找不到记载中的精绝国，而在西行亲历者玄奘的游记里却莫名其妙地出现了一个女儿国，乱世阻隔了信息，屏蔽了历史真相，给后世留下了迷案，这些是我梦中的精绝国故事。

"央金，精彩的故事不是我的梦境，而是现代考古发现。1995 年，中日联合考古发掘出一对合葬夫妇，据考证，男性干尸的五官是西域人的相貌特征，女性干尸的面部特征是中原女子，最终以考古的方式，通过发掘的古墓、文物、干尸揭开了精绝国在历史上消失一千多年之谜，兜兜转转的历史，真有意思，用另一种方式解答。考古专家和历史学者们破解了消失的迷案。

"考古人员对夫妻合葬的古墓产生了浓厚的兴趣，一男一女相拥合躺在棺床上，男的手臂上绑了一件稀世之宝，还有女尸覆面的织锦缎，合盖的大缎被，身上穿的各种华贵的里三层外三层的丝绸衣料，断定墓主人的身份很尊贵。特别是考古学家在古墓里发掘出一枚竹简，上面用汉隶文字写着'汉精绝王承书从……'的字样。通过其他发掘的文物，考古人员抽丝剥茧，最终认定斯坦因曾三次到达的雅尼遗址就是《汉书·西域传》中记载的精绝古城的遗址，认为古墓合葬的男女，就是精绝国最后一代国王和王后，推断合葬的时间为东汉末年至魏晋初年，当考古人员打开古墓棺椁时，这对干尸让考古人员感动，相拥而卧，两双手互握，可以看出在世时，这是一对恩爱的夫妻。合葬时间一致，说明这夫妻二人同时死亡，同时死亡意味着突发意外事件让夫妻俩殒命。"

央金感伤道："梅梅，我觉得一、三的可能性大一些，谁知道呢？梦里没有提示。不幸中的万幸，多亏精绝的王子和公主没有跟汉军走。"

梅梅眼神凄迷，一副懒洋洋的神态，舔了舔嘴唇，想说不想说地整理了一下情绪，语速缓慢地说："是啊，国王的血脉散落在民间寻常百姓家中，荣华富贵总被雨打风吹去，过着一介草民的生活，最终活成了无壮志、无勇谋，一日三餐，四季更迭的普通人，我是替古人忧天，一种无可奈何的苍凉感，苍生啊不过如此，谁也摆脱不了生命轨迹的轮回。"

"梅梅，你真是替古人伤怀，平时我看你是个佛系人，不与人争辩，处事低调，内敛，只跟自己喜欢的人打交道，唉！没想到你像个多愁善感的林妹妹。"

"谬赞，林妹妹的善感境界我修几辈子也达不到，万般皆是命，半点不由人，假如精绝国王和王后没有死，他们也做不到东山再起。汉朝指望不上，朝代更迭，当权者大换血；与苏毗人抗衡，实力悬殊。不怕贼偷，就怕贼惦记上，苏毗人早就盯上了精绝关卡的重要性，精绝国灭亡不过是早晚的事，这就是历史的选择，不按人们的意愿选择历史。历史，就是站在一个制高点，不偏不倚，公正地抉择，所以历史才有天空。"

"嗯，后人替古人担忧，何必背历史的包袱。"

梅梅摇摇头轻笑一声："你真会劝人，把我捧高了往低处劝，我一凡人，背历史包袱，背不起，只是普通人用惯常思维平常心态看，精绝国曾经与我们一样，努力地活着，想延续自己族群的生命，妄想千秋万代传承下去，只可惜，天不遂人愿，身旁有一个强大的邻居觊觎已久，苏毗人卧榻之侧岂容精绝国酣睡呢？精绝国落得个被鸠占鹊巢、亡国丧生的结局，如寻常人家所发生的盛衰荣辱的事，如一个人一生走过的经历，如烟随风飘散。其实，历史的遗憾是历史的选择，无关乎对错，越是年代久远，留给我们的谜面越多，作为现代人的我们，无法详细真切地还原历史的细节，历史的天空留给了我们无限遐想空间。"

"哎！梅梅，你提到精绝人把苏毗人称花脸苏毗人，花脸？"

"是啊，我的梦境里出现了好几次，精绝人的确喊苏毗人是花脸，我也感到困惑。"

"梅梅，听你讲梦里的故事，真实感很强，像眼前真实发生过的事儿，又像是看一场蒙太奇镜头的电影。你像美国影片《灵媒缉凶》中的女主，能感应案发现场的过程。"

央金的话引得梅梅大笑不止："哈哈哈，哈哈，我看你神经兮兮的，马上对号入座，我可没有通灵的本领。我能接受弗洛伊德的《梦的解析》的生理、心理现象之说，更加崇尚古人说的日有所思夜有所梦的玄机，我长久关注有关苏毗女儿国的只言片语，凡是涉及苏毗、吐蕃的资料，我都搜集整理，因而就有了梦里的故事。"

余韵未尽的央金，露着洁白的小贝牙"咯咯"地笑着说："梅梅，这故事不能断片噢，我要听续集。"

"放心吧！会有续集的，随着我收集到的资料越来越多，积累的历史知识多了，自然就有连续剧。"

"梅梅，我在你的一场梦里，好像看到了你的影子，梦是一面镜子，照出了另一个你，你的梦境，让我想到了小时候爱看的《爱丽丝梦游仙境》。爱丽丝在梦游中遇到了许多奇异的生物、人物，会抽烟的毛毛虫，使者小白兔，会飞的猫，怪物，每次遇到危险解救爱丽丝出困境的风帽子，还有红皇后、白皇后、等等。你与爱丽丝一样在虚幻的梦境里经历真实的自己，爱丽丝经过梦境的洗礼回到现实世界不再惧怕别人的眼光，拒绝了贵族的求婚，主宰了自己的人生，梦虽然是虚无缥缈的，但也是美好的想象。本姑娘拭目以待，你说得没错，梦是现实的延伸，在这个梦里，我看你在挑战自己，加油！你能突破这个梦的束缚。"

"哈哈！你是我肚子里的一条蛔虫。"

央金嘟着嘴："多难听，雅称——知音，我是你的知音。"你一句我一句，两人在斗嘴中离开了茶吧，临到分手时，央金再三强调："别忘了明天去参加会议。"

央金经常与人讲她与梅梅的结交，始于才华，合于性格，久于人格，忠于人品。她的老公认可，但是用揶揄的口吻说出来别有一番深意："过去人们对这种肚子里有货，嘴里能说出大道理的人，喜欢称书呆子，现在网络热词叫什么什么达人，我看你这个闺蜜文文静静，内敛不张扬，是个做学问的人。你交往的一堆人中，就数梅梅稳重，有内涵。"

"可不是嘛！梅梅是我珍惜交往的熊猫级别的人，真的可遇不可求。"

达哇戏谑地问："你的那张嘴走到哪儿都像花喜鹊，先声夺人，就不能学学梅梅，话少自然显得尊贵。"

"大哥，晚了，早干吗了？睁大眼睛不看清楚，我像花喜鹊，性格使然，泰山易移，禀性难改……"央金的嘴像机关枪一样一阵突突，达哇难以招架。

"我看你快成油腔滑调的达人了。"小夫妻的斗嘴，引来了央金母亲："疯丫头，大半夜回来不觉得亏，还有理由了，吵闹什么呢？还像个长不大的孩子，又在找达哇的碴儿。"

"老妈，我们俩开玩笑呢。"央金压低声音说，"听见了吗？我妈对你比对我好。"

"傻女人，这是老规矩，我们这儿的习俗，谁家的丈母娘不疼女婿？我可是'嫁'到你们家的女婿噢。"

"都是祖辈留下来的习俗，父母疼爱女儿，舍不得把女儿们嫁出去，怕在婆家受苦受难。"

"任何一种习俗或社会现象的形成，背后都会有深层次的原因，问问梅梅学者呗，我们这儿的这种家庭结构形式是什么原因形成的？她刚好是民俗学者。"

央金一脸的坏笑说："老公，是我肤浅了，你能提出深刻的问题，不简单啊！我这一问，肯定会成为梅梅的一个研究课题，她有职业病，对这样的问题有高度的敏锐性。"

"遇到这种问题，以我的经验，钻牛角尖，终能出结果。"

"不是钻牛角尖，是坚持不懈。用词不当，对我闺蜜不敬。"

"其实很简单，混成知心闺蜜，就是两个有缘分的人相遇，用得着深奥的说辞？你也别太自信，女人之间，说不准哪天下点毛毛细雨，缘分就尽了，走着走着就走散了。"

央金很反感老公的无聊预测，随口丢出："你是八卦达人，损口说不吉利的话，不许亵渎我和梅梅的关系，梅梅是何许人也？"

"你说，何许人也？书读得多呗！与众不同，鹤立鸡群，一种神圣不可侵犯，高高在上的高冷孤傲，以特立独行示人。"

"哎！被你说对了，有时候你还真可爱。梅梅是那种腹有诗书气自华的人。"

"我推翻之前的说法，朋友就是这样相处，看你对梅梅的维护和尊重，虽然你们俩的认知维度和知识层次不同，相信你们俩会是一生一世的闺蜜。"

"此言怎么讲？"央金很不服气丈夫出尔反尔的论断。

"就像电脑，高选项的程序兼容低端程序，梅梅把你兼容了。"

"你是这样直面无情地打击我的自信。"于是雨点般的拳头落在了达哇背上，央金阿妈又来看这小两口的争闹，正好看见央金龇牙咧嘴地举拳打女婿，用严厉的眼光制止了央金的"暴行"："照照镜子，看你那女鬼般的样子。"

达哇忙解释道："她不是真动手，闹着玩。"

"都几点了，快睡！"

吸引央金的，是梅梅的学识和人品，她是研究家乡地方史和民俗文化的翘楚，在单位属于高学历，研究生毕业，可她内敛，处事低调，为人诚实，美丽不招摇，明明可以靠学识吃饭，可偏偏五官精致得不可方物。梅梅的名字是外婆起的，梅梅长得太可爱，外婆说，像花儿一样美丽叫梅朵，不是一枝独秀的美丽花朵，而是花儿朵朵集大成般烂漫美丽，美丽的梅梅，外婆为了过把瘾，给她起了梅梅的名字，意思即美丽的花儿朵朵。

早晨喝早茶时，央金与阿妈聊起梅梅，央金阿妈感叹道："佛祖偏心又公平，加持了梅梅美丽的容貌，又加持了聪慧，这是佛祖的偏心；但佛祖也是公平的，梅梅注定与常人不同。"

央金听出了母亲的弦外之音，即梅梅比自己年长，不婚不育。在阿妈的认知里，女人年龄大了不结婚成家，是女人的运气不济。在复杂的观念问题上，央金很难扭转母亲的固执，只能说："美貌是父母给的，才华是自己努力的结果。"

阿妈摇摇头说："你太年轻了，给你没法说清楚。"

"我的阿妈呀！你说不清楚就是很清楚了。"

阿妈白了一眼央金，不屑地说："现在的年轻人尽说鬼话，亲家母问你们俩什么时候生小孩。"

央金一时语塞，半天才摞了一句："达哇说过两年再说。"

"过两年再说，过两年是几年呢？"阿妈还在唠叨，央金抓起背包逃一般地离开家去会场了。

金秋十月，天高气爽，一阵凉风吹过，宣告高原的暖阳到了尽头。梅梅开着她的"大白"，在国道上飙到百码的速度，拐到乡村的会议现场，进了帐篷搭建的会场。走进会场，帐篷的前三分之一是会场，参加者有学者、专家、政府官员、各级乡村代表、创业青年代表、牧民代表等等，帐篷的两侧，陈列着青年创业者的成果、农牧民的畜产品、当地的土特产品、非遗产品等等。在帐篷里，研讨会进行了两天，专家学者们各有各的学术论题，各抒己见。梅梅学到了一些不曾接触过的新东西，对有关生态环境的新理念，种畜改良方面的知识，乡村文化振兴的意义，以及发扬光大传统游牧文化的迫切性等方面有了更深的了解。

会议第三天，是个体创业者们的经验交流会。其中，一位个子不高、三十多岁名叫卓玛的女性，引起了梅梅的注意。她脸上交织着两种标志性的气质：一种是牧女特有的娇羞矜持、温婉善良，浑身散发着高原女人母性的阴柔和慈爱的光芒、来自高原女性的坚韧挺拔的气质。一种是藏家女人特有的开朗、不经雕琢的直白和质朴的豁达气质。这两种气质混在一起，没有违和感，反倒有一种真实亲切感。她穿着考究的民族服装，浓密的发髻在脑后盘了一个精美的造型，与她的气质匹配。典型的康巴女人，大眼睛，双眼皮，白皙的脸庞，性感的大嘴，作为成功的创业者上台发言。当卓玛介绍说自己是一位土生土长，来自牧民家庭，没有上过学的放牧姑娘时，梅梅惊呆了。看她在台上得体自如、落落大方的台风，那种把控会场的强大气场，那些流畅的语言，简直让梅梅自叹不如。她悄悄对央金说："你还经常夸我是腹有诗书气自华，看见她的气场，自认为相形见绌，她的大方自如，把台下的我羡慕死了。"央金不以为然地说："各有千秋，惺惺惜惺惺。不过，这个画面使我想起了那首著名的诗——你站在桥上看风景 / 看风景的人在楼上看你 / 明月装饰了你的窗子 / 你装饰了别人的梦。"梅梅的注意力全在牧羊女的演讲中，向央金发出"嘘"的警告。央金不甘，写在便笺上推到梅梅面前。便笺上写着："你坐在台下听演讲 / 听演讲的你成了会场的风景 / 牧羊女是台上的焦点 / 你是台下的偶像。"

梅梅看了，忍俊不禁，笑央金的机智俏皮。

随着牧羊女励志故事的讲述，梅梅更加专注地听着，特别是牧羊女每次讲到创业"曲克安哒"，精准把握方向开发传统的"曲克安哒"时，梅梅像一只被鲜艳花朵吸引的飞蝶，产生了极大的兴趣。牧羊女讲自己一边把"曲克安哒"作为传统的食品开发，一边把"曲克安哒"作为美容护肤品开发。一提到"曲克安哒"，梅梅的思绪会逃逸会场，幽闭在心里深处沉睡的某因子，被电击一般，敏感地有了应激反应。听着台上牧羊女的动情讲解，梅梅越发被这个女人感动，从她身上似乎看到了千年来累积在高原女性品质里的坚强、善良和独立撑起一片天的无畏的气概。讲到结束语时，梅梅看到卓玛眼里泪光闪闪，语气平和哽咽，她说："感谢这个伟大的时代，如果自己不是处在中国改革开放的经济大潮时代，就没有走出大山的可能；如果不是振兴乡村的国策搭建平台，就没有我创业的机会；如果不是政府对创业者的项目资金扶持，就没有自己走出去开眼界看世界提升自己的机缘；如果没有内地爱心企业家和成功人士的传授创业经验和帮助，就没有我的曲克安哒系列产品的市场。我要感谢的太多太多，感谢我年迈奶奶的抚养教育，她是我人生的导师，感谢善良好心人的帮助，一句话，只要我有能力，就会带动草原上像我一样的女性创业，发家致富，回报社会，回报家人……"台上的卓玛还在动情地讲，台下的梅梅，似乎看出这是一个内心强大、有故事的女人，有一颗感恩的心，眼前这个淋过雨的善良女人，还愿意为别人撑伞，梅梅似乎从她的身上看到了高原女性的坚韧、高原母性的伟大。在牧区，朴实善良的女人比比皆是，但走出大山独立创业的女人，百里挑一，好奇心促使梅梅向这个叫卓玛的牧羊女靠近，去与她主动接近，想进一步了解她的内心世界、情感世界、成长过程、创业经历等，想全方位、多角度去了解。

散会后，梅梅想起了央金的那位护肤美容指导老师，想起了她讲的那堂课，想起了她心中的那个曲克安哒情结。当卓玛带着她的家族故事和创新产品——曲克安哒的故事出现时，梅梅猛然醒悟，原来她的曲克安哒情结，老天自有安排。她庆幸自己当初没有轻率地向央金的老师提出不切实际的想法，冥冥中眼前卓玛的出现，把她的曲克安哒情结，平铺着展开，一段往事开启。

在一种想熟络的冲动驱使下，下午的创业者产品展销会场，她走到卓玛的展区，大方地向卓玛做了自我介绍，并互加了微信，说明想写一篇关于她的人物通讯报道。

会议结束后，她着手想写一篇有关卓玛的人物通讯，后来从卓玛的微信朋友圈看到，卓玛可是创业界的明星，各种媒体捷足先登，为她写了各种报道，从女性的角度、从企业的角度、从创业的成功者、从脱贫致富的能手、从慈善公益的典范、从励志人物……从哪方面入手呢？梅梅一看，再写卓玛的人物通讯，就显得指挑琴瑟，老调重弹，失去了新闻的价值，感到无从下手，留下了无法夺人眼球的遗憾，这事儿一搁过去了半年，不过梅梅一直在微信空间中默默关注着卓玛的动态。

　　好久没有联系的导师，发来短信向梅梅求证一件事：你的家乡是曾在历史上声名显赫的苏毗女儿国之地？我看到资料上说，苏毗女儿国（SUPIS）在青藏高原腹地东北通天河沿岸一带，建立了一个强大的部落联邦国家，以畜牧和种植为主，商贸活动也很活跃。北接于阗，西到天竺，东与吐蕃接壤，国土面积大得惊人，占有西域的一半，以原始的母系制度称霸一方，可惜没有延续下来。当我看到通天河，想起你提到过《西游记》中最后一难——《通天河遇鼋湿经书》，就是在你的家乡通天河上演绎的，你的家乡出现在古典四大名著中，当时你很自豪。我想问问，有关苏毗女儿国的文化，在你家乡留有"遗产"吗？据我看到的资料，现在史学界对苏毗女儿国的所在地研究存在着很大分歧，有的学者认为苏毗女儿国王室在今西藏日喀则一带，有的认为在西藏昌都，有的认为在青海澜沧江上游，有的认为在山南峡谷地带，还有的认为是四川丹巴谷、云南的泸沽湖等地，现在还在发酵，新的地方还在"发现"。网络媒体炒作的热门话题，引来人们的热议围观，你有苏毗王室在通天河岸的有说服力的证据吗？

　　梅梅给导师发了一段文字：老师，有关苏毗的文字记载，汉史和藏史都有文字记载。由于苏毗女儿国在唐朝末年已退出历史舞台，物是人非，历史的巨变，地名的流变，再加上当今一些专家的似是而非的不严谨的"指点江山"，使历史上的苏毗女儿国，变得扑朔迷离。我有拨乱反正之心，但是有一定的难度，希望老师能加入，指导和支持。我想苏毗女儿国既然在我家乡历史上存在过，一定会留下很多的"痕迹"。容我一些时间，我去田园调查，看看能不能发现些什么。

导师回复：祝你的田园调查成为发现之旅的起点。

调查期间，梅梅读到一篇史料性的文章，想起了几年前央金的护肤指导老师的家乡之行，记起给姐妹们开讲的本地区传统护肤品兼防晒霜曲克安哒，联想起曲克安哒的创业者卓玛。梅梅通过微信与卓玛、央金联系，午后，她们三人约在一个甜茶馆。

央金风风火火地赶来，好奇地问梅梅："今天你这么有雅兴，请我到甜茶馆来喝茶，一般你喜欢去西式咖啡厅，我看你也是事出反常必有妖。"梅梅笃定平静地给了央金一个有理的回答："嗯！我请了一位原生态的牧羊姑娘来喝茶，考虑到藏式甜茶馆比较适合她。"央金嘴一撇说："我以为你只请我，原来让我来陪客。""你心里不平衡。今天来唱主角的是你们农牧系统树起来的典型人物。""噢！我知道了你请来的是何人，曲克安哒的传承人——卓玛。""对！是她，我们俩今天当个吃瓜群众。"两人互拍着肩大笑，喝着甜茶，嗑着瓜子闲聊等待主角的到场。半个多小时过去了，卓玛穿一身藏装，额头冒着细汗珠子，风尘仆仆赶到，说是车间很忙。

高原暖暖的阳光，透过玻璃窗户的白纱，柔和地洒在茶几上，给三人披上了一抹温暖的亮色，卓玛白皙的脸庞透亮明艳，看不到一丁点的暗沉斑点，可不像有些人像是满天星的脸，更没有高原人那种皮肤被太阳灼伤的高原红。

见到她，梅梅禁不住赞赏地问："哇！你的肤色真好，想取点保养护肤的真经，你用的什么护肤品？"

卓玛用右手在脸上摩挲了几下说："主要原因是从小奶奶给我做的基础护肤和基础防晒到位，我们姐妹三人，在奶奶的呵护下，皮肤没有受到风吹日晒的摧残。要说我们姐妹仨是牧民，帐篷里走出来的，没有人相信，人们以为我们是上班族子弟。"

梅梅用探询的口气问："奶奶有护肤的秘诀吧？"

"是啊，她有护肤防晒的法宝，你猜猜，是什么呢？"

梅梅不假思索地说："曲克安哒。"

卓玛对梅梅的回答感到意外："你怎么知道的？"

"小时候，妈妈是乡镇的医生，我在牧区生活过，知道牧民用曲克安哒护肤防晒。小时候上山挖虫草，我们去牧民的帐篷里讨要，涂抹在脸上，直到采挖虫草结束下山，才洗去脸上的曲克安哒。"

"怪不得你知道，现在的人只知道曲克安哒是一种传统的甜点小零食，不知道曲克安哒护肤防晒的功用，它是从古代一直沿用下来的高原最有效的护肤品和防晒霜。"

有故事的女人，自然是生活的风雨丰满了她的翼翅，才使她带着隐形的翅膀飞向更广阔的天地。卓玛从奶奶讲起。她像一只嘤嘤的画眉鸟，讲述着千回百转撇不下的人生故事，于是梅梅静静地听着，茶厅一隅，音响里传出舒缓悠扬的中国古典乐，箜篌与箫的纠缠，是那样地缠绵、细腻，余音袅袅，一抹斜阳的映衬，仿佛卓玛的叙说变得遥远陌生又在熟悉的眼前如泣如诉，梅梅陷落了。卓玛在讲述一个凄婉的家族史——

巍峨的尕朵觉悟神山，云雾缭绕，群山逶迤叠嶂。山脚下，滔滔的通天河水流过，隔岸的高山牧场，从山坡到沟谷再到湿地，野生的高原杜鹃花正开得如火如荼，一片粉红，一片紫蓝，在微风中抖动着花容花貌，暗香传情。高挑的野冬青正打着羞涩的朵儿，等待杜鹃花的退场，余下的时间是素净雅致的冬青花的主场。山顶的牛羊向云朵追风而去，牧羊女巴忠看到满山的杜鹃花，兴奋得举起手中的吾嘎（抛石绳），向空中甩了一记响亮的"叭"声，惊动了花丛中的山雀，失措飞离。巴忠像蝴蝶一般，追花而来，她站在花丛中，采撷几朵杜鹃花，插在发辫，自我陶醉，她万万想不到，侧面的山坡，一双贪婪邪恶的眼睛，正盯着她的一举一动，弓着身慢慢向姑娘移动。巴忠沉迷在花丛中，抬起头，伸长脖子，闭着眼深深地吸了一口气，空气里充满了杜鹃花的香气。突然，她的牧羊犬那贝（藏獒体形很大，如牛犊般大，起名"黑色的牛犊"）从山那边追逐一对羊母子出现，那贝不知道看见了什么，变成疯狗改变方向，狂叫着冲向山谷的一侧，巴忠回过神叫着"那贝，那贝"跟在后面跑，只见一个男人向山坡下跑去，到了山脚下翻身上马，巴忠看见马和马主人的背影，还有拖在男人身后的两只袍袖，如灌风的牛大肠左右摆动。马驮着那个男人飞一般地消失在山谷里。

巴忠喊住了那贝，忠实的狗听话地停住了脚步，叫了两声，转头看向主人。巴忠亲昵地抚摸着那贝的厚实的头说："你让我虚惊一场，乱叫什么？"那贝低下温顺的头低声呜咽，谁知道说什么呢？它与主人经常窃窃私语交流，属于他们两人的交流语言，巴忠听懂了？

晚上，巴忠与阿妈说起了白天发生的事，不以为意。说者无心听者有意，巴忠的话引起阿妈的警觉，她担心地告诫女儿："今年你已经十七岁了（实岁十六岁，藏俗算孕期为一岁），保护好自己，藏家牧女大多是在你这个年龄，失去贞操，被男人糟蹋，装一肚子的私生子。不负责任的男人像野狗，满足了自己的私欲，转身去别处撒野。"

"阿妈，我阿爸对你多好啊！"

"是啊！我前生修来的福报，他只有我这么一个女人，你们几个孩子都是同父同母，我们一家人，是草原上人们羡慕的人家，虽然过得穷。哥哥们另立门户去当了上门女婿，两个姐姐嫁到好人家，你是父母的掌上宝，留在我们身边享福，招个好男人上门当女婿。"

"阿妈，我们有位好父亲，我的运气不会差到哪儿去，你放一百个心在肚子里吧。"巴忠把头靠进阿妈的怀里撒娇。

阿妈一只手将着巴忠的头发，一只手抚摸着巴忠的后背："一定要留心，在草原上发生被男人强暴的事，就是一阵风吹过，不留痕迹，不过是一件稀松平常的事，苦的是留给女人一辈子抹不去的伤疤。千万留心，你姨妈带来口信，她为你相中了一户人家的三儿子，入秋以后，听说你姨夫带他们要来求婚。"

"阿妈，女人不结婚可以吗？"

"可以啊！去寺庙削去你三千愁的长发，当尼姑念经。"阿妈停止了两手的动作，停顿了一会儿，口气变得生硬地说，"你有出家当尼姑的念头，可惜说晚了，哥哥们另立门户，姐姐们出嫁了，我们两位老人孤苦无依，谁来伺候？"

"阿妈，我不想跟男人过日子。"

阿妈轻轻地摸着巴忠的头安慰道："傻姑娘，女人的命，不结婚就去当尼姑，你想到什么了？"

巴忠抱住母亲忧郁地说："我想到了大姐，不到三十，五个孩子的母亲，去年生六胎时，母子没有了命，留下一帐篷的孤儿，二姐生孩子时只剩一口气，多亏藏医路过救回了一条命。"

阿妈瞬间一脸泪水："怪我们生来就是受苦受难的女人，下辈再也不要托生为女人。"

"阿妈，我终生不要男人，守着阿爸你们过。"

"傻姑娘，该长大了，不要想天真幼稚的事。"巴忠拗不过母亲丰富人生经历的话，一句是一句，像抛出的石头般坚硬。心里暗暗地想，我这辈子的生活不要男人掺和，守着父母过。

风儿止，山野静，一轮圆月挂东边，稀疏的星星一闪一闪的，阿妈领着巴忠，在煨桑台前做了火供，抛撒了青稞粒、圣水，点燃了松柏香枝，还有糌粑粉，虔诚地做了祈祷、跪拜，吟诵了《度母经》，举行完神圣的仪式后，在大自然静谧的环境里，母女俩开始熬制曲克安哒，灶眼放了两口一大一小的铜锅，阿妈站在灶台左边，巴忠站在灶台的右边，母女俩哼着有关曲克安哒的儿歌不停地按顺时针方向搅拌锅里的曲克汁液。现在正是产奶的好时节，女人们的家务活很繁重，天不亮就起床挤奶，打酥油，打完酥油的残汁是达拉水，让达拉水在锅里千滚万滚，熬制出奶渣，奶渣沥析出的黏稠的汁液就是曲克汁液，曲克汁液积少成多后，放在奶桶里发酵一段时间，再回锅熬制，这是曲克安哒成败的关键一环。古老的曲克安哒，从它流传下来到现在，说不清何方神灵掌控着它，又有什么秘咒护佑它，总有一股神秘的力量加持它，熬制曲克安哒时，心情要放平和，不能有私心杂念，心情放松，不能急躁不安，不能急功近利，急躁脾气、火爆性格的人不适宜熬制曲克安哒。阿妈好性格，是熬制曲克安哒的高手，阿妈说都是阿妈的阿妈代代传授的手艺。现在阿妈正在把做曲克安哒的这门技艺，言传身教，点点滴滴传授给巴忠。熬制的环境要安静，白天若有陌生人或突兀出现的客人，冲撞了曲克安哒神秘的主神，则前功尽弃，熬制的曲克安哒成为废料，不会凝结成膏体。只有到了万籁俱静的夜晚，没有了白天的喧嚣热闹，没有客人的上门打搅，没有了杂七杂八的俗事，人的心都沉静下来后，再来熬制曲克安哒。还有火候的把握要精准，用中火慢慢熬制，搅拌有序，有力度，不间断，搅拌要匀速，如果出现煳锅、粘锅都是火候、搅拌速度掌握不好造成的。阿妈手把手教女儿这些熬制曲克安哒的奥秘。

月亮爬到天顶，柔和的清光照进了天窗，那贝悄悄走来，悄悄地卧在帐篷门口，把鼻头塞进怀里安安静静地来陪伴母女俩，它也知道此时要肃静，把小狗们扔在了狗窝里。

阿妈轻轻吟唱：

> 曲克安哒，我的甜点零食
> 白月光下，阿妈熬制了一整夜
> 我舔了三年，今夜想起了阿妈
> 恩重如山的阿妈，您在我的梦里
> 曲克安哒，我的爱美伴侣
> 红太阳下，阿妈絮叨了一早晨
> 我涂抹了三年，今天想起了阿妈
> 度母般慈爱的阿妈，每天为你祈祷
> 心中的阿妈，已经在轮回的路上

心中的曲克安哒，就是轮回的阿妈

巴忠顽皮地要和阿妈对唱诙谐的情歌：

阿妈扮女唱：（女）对面骑马过来的英俊小伙
　　　　　　　前面山坡的白帐篷就是我的家
　　　　　　　有缘分的人儿停下来共进一家门
　　　　　　　我用洁白的哈达迎接尊贵的你
　　　　　　　高山做证请做我一辈子的心上人
巴忠扮男唱：（男）对面放牧跑过来的傻姑娘
　　　　　　　后面山沟的黑帐篷就是我的家
　　　　　　　无缘无分的人们各进各家门
　　　　　　　我劝你用曲克安哒遮盖平庸的相貌
　　　　　　　草原做证请曲克安哒做你终身的伴侣

阿妈说："听出这首情歌的意思，小伙没有看上相貌平平的姑娘，劝告姑娘用曲克安哒让自己变美。"

"阿妈，小伙的意思是说，姑娘相貌丑，一辈子涂抹上曲克安哒，把丑脸遮盖起来。"

阿妈的头频频摇晃："巴忠，你记住，不管歌里怎么唱，都改变不了曲克安哒是老辈们留下来的珍贵好东西，酥油是牛奶的精华，曲克安哒是牛奶的精髓，传承到现在自有它的道理，它是祖先们留下的好东西。曲克安哒是几千年来高原唯一的防灼伤皮肤的最佳护肤品，是千年传承下来的魂魄。"

"阿妈，你也太夸张了，虱子大点东西，让你说得牛一般大。"阿妈赶快伸手捂巴忠的嘴："这个时候不敢讲对曲克安哒不敬的话语，曲克安哒的主神，在听我们的谈话。"巴忠觉得对阿妈的顶撞，就是对曲克安哒的冒犯，忙向阿妈表示歉意。阿妈怪嗔地给女儿翻了一个大白眼："不听老人言，女人啊！就是黑暗中走来的没有开化的人。"

巴忠承认："阿妈，你说的令我信服，有道理。"

直到月亮挂在西天，间或山坳里传来一两声狗叫，夜显得更幽暗、更寂静延伸。土灶旁热气腾腾，异常忙碌，火光的映衬下，母女俩的身影不断闪动。就在月亮隐去之时，母女俩的劳作，终于有了结果，沉淀在铜锅底泛着棕褐色光泽的曲克安哒，散发出焦煳的奶香味，窝在帐门外的那贝嗅到了香味，循着味源压低脖颈，走到铜锅旁，阿妈一句"走开"驱赶那贝靠近，巴忠趁机用食指剜了一疙瘩膏体，塞进了那贝的嘴里，那贝知趣地摇着满足的尾巴出去了，阿妈没有察觉，以为自己的呵斥管用了。巴忠就像爱自己一样爱着她的得力助手，别看是一条狗，那贝通人性，是巴忠的忠实伙伴。

阿妈拿出早准备好的牛膀胱皮，把棕褐色黏稠的膏状曲克安哒，倒进膀胱皮囊里冷却贮存。巴忠也趁阿妈视线离开的空当，用食指伸进锅里，毫不吝啬地挑上一大坨往嘴里送，难得有机会大口地吃到美味。

阿妈说："悠着点，你我一年的'口粮'，还要给那五个孤儿留零食。"巴忠说："今天我可逮着机会了，鼓槌在自己手里时使劲敲，等到鼓槌不在手，想敲鼓敲不了，机会难得。"巴忠说着，又剜了一坨快速地送进了嘴里。阿妈把巴忠推到了一边，亲昵地说："馋嘴女儿，上辈子生在没有曲克安哒的地方。"

"阿妈，说错了，我的上辈子，一定是拜过主司曲克安哒的女神，受过加持的人。"

"胡言乱语。"

"阿妈呀，受过加持的人才喜欢曲克安哒。今晚就让我过足瘾，比吃新鲜的肉还可口香甜。"巴忠一边说，一边伸出食指挑上曲克安哒，往嘴里送。阿妈象征性地推开巴忠："回你的帐篷睡觉去！明天还得上山放牧去。"

"嗯嗯。"巴忠嘴上应答，手下动作很快，又挑了一指头，放在嘴里才算满足，拍了一把门口的那贝，回自己的帐篷睡去了，那贝起身摇着尾巴跟过去了。阿妈用麻利的动作把曲克安哒收进膀胱皮囊里，用毛绳紧紧扎住口，挂在了帐房的主杆子上端。

阿妈轻柔地捋着那贝的脊背，又为那贝端过去了一小锅肉粥，怜悯地对那贝说："可怜的母狗，受分娩之苦，你也是狗母亲，看你多疼爱小狗们，天底下的母性不分物种，受罪的那贝，谁让你是一条母狗。"此时那贝躺在老羊皮上，五个花白狗崽子像饿狼一样趴在肚子上吃奶，发出"咂吧"的吮吸声，阿妈站在那贝身边良久，越看越心疼那贝，离开时把狗盆推到那贝嘴下。

第二天，阿妈把巴忠从羊皮袄里拉出来，数落了几句："太阳照在屁股上了，快去放牧。"巴忠睡眼蒙眬，埋怨道："太阳还没有出来。"看着大锅里的牛奶，灶头上热火朝天的景象，茶壶嘴冒泡，锅里奶渣翻滚，快开的水锅鸣响，阿妈又少睡了几个时辰，巴忠闭嘴不再抱怨。临上山时，她在脸上原有的曲克安哒上又涂抹了厚厚的一层，有了新鲜制成的，不用节省、舍不得。

第三天，阿妈看到开玩笑："像草皮上牛犊拉的稀牛屎，糊住了脸。"巴忠嫌阿妈比喻得恶心，又觉得很形象，向阿妈撒了几声娇，说着"恶心"，带上防雨的游衣，背上干粮袋准备走，阿妈拉住她，蹲在草地上摘了小花，掐头去尾，用花茎蘸了唾液，在巴忠脸上点上小孔，阿妈说曲克安哒涂得太厚，干后张力收缩，拉伤皮肤。巴忠脸上有了纹饰，像贴了蝴蝶的翅膀，脸上不觉得紧巴巴的。

杜鹃花期接近尾声，冬青花期登场，山风吹拂，洁白的花朵在原野上花枝摇曳。巴忠看着牛羊在坡上吃草徜徉，她躺在一块洼地里不知不觉睡去。梦里她看到了死去的大姐，用忧伤哀怨的眼神看了她几眼，欲说又止，留给她一个背影不见了。巴忠拼命挣扎，她想去追姐姐，却站不起来，想叫喊，却喊不出声。一声清脆的羊羔呼唤羊妈妈的叫声唤醒了巴忠，悸动的心在胸腔里跳得慌，巴忠猛然坐起来，一阵冷风吹来，巴忠不由得打了一个寒战，此时，黑云从山顶压过来，天昏地暗。隔岸的孕朵觉悟神山响起了远雷，闪电是乌云中无形的神鞭，正把雨往这边赶。巴忠正想起身，一股蛮力从后背将她压倒，她的头被压在胸脯下，巴忠只看到男人的胸脯贴近她的头，听到那男人"咚……咚……"的心跳声。巴忠被突如其来的袭击一时吓慌了手脚，本能地扭动着身体竭力反抗，可是扑在她身上的男人力大如野牦牛，用他的身体压住巴忠，用他的两条腿夹住巴忠的头，他的两条胳膊肘死死地压住巴忠的胳膊，而那双肮脏的手在撕扯巴忠的腰带。巴忠在恶狼面前就是一只弱小的羔羊，弱弱地挣扎，大声地哭喊，巴忠的反抗，在这男人的眼里，如同给他挠痒痒，等到拨开皮袍，下身裸露。羞愧的巴忠放弃了反抗，大声哭泣无助地叫喊"阿妈"，空旷的山谷加上风声雨声模糊地回荡着巴忠的哭喊声。此时，冷风飕飕作响，黑云铺满了整个天空，雷声炸耳，引起牛群、羊群一阵骚动，拖着被吹乱的皮毛向谷坡躲去。雨针像齐发的箭头，射向大地。巴忠在这混乱的天地间，在牛羊的惊慌中，献祭于这恶劣的环境里，被歹人有机可乘地摧残。以至于往后的巴忠，一生没有走出这种坏天气的阴影，一辈子诅咒这场暴风雨。她告诫身边所有的人说："坏天气里藏着恶魔，趁早找安全的地方躲开恶魔的纠缠。"这是她付出血泪总结的真理。

这个男人肆无忌惮，一跃骑在巴忠的身上。风雨雷鸣闪电做了盗马贼的帮凶，让这个癫狂的人在疯狂的世界里恣睢纵情，任意摧残弱小的巴忠。冬青花瓣碎落一地，随浑浊的雨水滑下山谷。男人提起皮裤，穿上滴水的皮袄，扎好腰带，临走时在巴忠雪白的肌肤上，用那双蛮力的肮脏之手，贪婪地捏了几把，眼里冒着充满野性欲望的凶光，得意地说："花一样美丽的小姑娘，我想摘你这朵花，已经等了好多天了，今天这场雨，还是山神帮我如愿。"

然后向空中吐了一口野蛮的浓痰，甩给巴忠一句侮辱天下女人的豪言壮语："女人原本就是女鬼。"再看一眼不屑地说："还把自己的脸涂抹得跟女魔似的。"说完扬长而去。巴忠脸上的曲克安哒是一天一天蘸着自己的唾液涂抹上去的，已经好多天，像一层厚厚锅底，分不清是雨水还是泪水的冲刷，巴忠的脸已经变得沟壑交错。

雨过天晴，艳丽的彩虹挂在东南一隅，巴忠看着眼前的彩虹黯淡失色，听着画眉鸟婉转的啼叫，感觉是在幸灾乐祸，她常在挤奶时给予更多安抚的花奶牛，此时悄悄来到她身边，瞪着大眼睛不解地默默注视着小主人的这副模样，它一动不动，偶尔甩一下尾巴，静静地注视着小主人。新鲜潮湿的空气里满是男人挥不去的腥臭味儿。她想回家，尝试了几次，站不起身来，洼坑里满是泥水，她浑身上下肮脏不堪。巴忠欲哭无泪，绝望地望向天空。

父母看到牧归的牛羊自己回来了，不见女儿身影，母亲带上那贝，上山来找。他们想到女儿是否被滚石砸伤，或摔伤，最坏的猜测是被下午那场暴雨的雷电击中，越想越担忧，她开始像抱怨人那样一路对那贝唠叨："你怎么自己跑回家，不陪在巴忠身边，没良心的狗，巴忠多么疼爱你，你这个畜生，关键时刻靠不住。"那贝似乎听懂了，夹着尾巴与女主人保持一定距离。

假如有那贝在巴忠身边，巴忠的劫难也许不会发生，那贝凶悍无比，敢与棕熊相斗，驱赶群狼，因体格与犏牛一般大起名那贝，全身的毛乌黑发亮。可惜那贝是母狗，它跟巴忠一起把牛羊驱赶到牧场后，母性泛滥，中途又溜回家给小狗喂奶舔屁股去了。

阿妈和那贝一人一狗往山上赶，走到牧场的山梁，那贝烦躁不安，嗅着跑前面去了。一会儿停在一处洼地，狂吠不止，阿妈的心一下沉到底，一看情形感到事情不妙，女儿遭到了不测，越想走快，越是迈不开步子，双脚在袍子的下摆不听使唤，一个趔趄，阿妈连滚带爬往前挪。爬到跟前阿妈一看心里明白了，抱住女儿，仰天大哭："千刀万剐的魔鬼，糟蹋了我女儿。"忙凑上去亲着女儿冰凉的额头说:"别怕哦!阿妈来了。"忙用湿皮袄裹住女儿的身子,帮女儿系上腰带,扶起女儿,移坐到干净的草皮上,不停地安慰女儿。

暮色中,阿爸和邻居家的男人,牵着两匹马来接迎。两个男人看到巴忠蓬乱的头发、不整的衣着、呆滞的神态,心知肚明,谁都没有开口,把两个女人扶上马,默默地跟在马的后面,迈着沉重的脚步,走进了暮色中。

近一个月时间,父母把牛羊托管给了邻居,巴忠一直卧床不起,阿爸请来了专打鬼的巫师,驱邪除魔,做了法师仪轨,可是没有祛除巴忠的心魔,她背负着这个心魔,过了一辈子。

人们说这个魔鬼男人是藏区有名的独来独往的强盗——盗马贼,他臭名远扬,劣迹斑斑,被他糟蹋的姑娘和强暴的妇女,不计其数,听说噶厦政府下令缉拿他,德格王也撵他,藏区太大,这个强盗游刃有余地到处逃窜,传说好几个地方发生了盗马事儿,估计是他所为。

阿爸说:"噶厦政府自顾不暇,那些上层官员都跑印度去了,还是等人民政府和解放军收拾他。"

阿妈说:"天下没有过不去的坎儿,生为轮回的人,没有顺顺当当过一生的,即使尊为活佛,贵为国王,也会生老病死,女人衣食无忧,生在富贵之家,得到男人宠爱,又怎么样?还是免不了受到分娩的痛苦。好好生活,忘了遭遇的劫难,振作起来。你阿爸家族的姓氏是显赫的卓氏,是吐蕃王后赤玛碌的后代,人们说卓氏家族的女人们都是优秀的,拿得起放得下的超越男人的女人们,阿妈相信你,振作起来,忘记被强暴的这件事。"

在阿妈絮絮叨叨的开导下，巴忠逐渐回到了日常生活中。生了五个孩子有经验的阿妈，从巴忠的慵懒和贪嘴的吃相看出了端倪，夜里，她把嘴凑到丈夫的耳边，悄声告诉丈夫："我怎么感觉女儿有身孕了。"

阿爸不紧不慢、语气淡漠地说："这是预料之中的事，但愿怀的是女孩，男孩是那个盗马贼的附体，又是一个祸害草原的孽种。"

"我认为男孩好，无论他是强盗，还是魔鬼，不受作为女人的苦难。唉！生来活受罪的女人。"

"老太婆，别瞎操心了，是男是女，是神是人，是鬼是魔，由命定，不管好坏，这家里是添丁了。"

巴忠的早孕反应特别强烈，每天早晨和太阳下山后，她要经历两次翻江倒海，感觉要把五脏六腑吐出来的孕吐。反应把她折腾得筋疲力尽，她问阿妈，每次怀孕都要经历痛苦的呕吐吗？阿妈毫无悬念笃定地告诉她："女人，受罪受苦受累的命，你像我，孕期的反应是母女遗传的，我每次怀孕反应都特别大。女人怕怀孕，又不由自己啊！除非远离男人。"阿妈无意当中的一句话，巴忠牢牢地记住，记了一辈子，践行了一辈子。那句"远离男人"的话说者无心，听者有意。

两个月后，巴忠开始上山放牧，可她回避长满杜鹃草丛的那个受难的山坳。到了秋季，牧户们家家都贮存引火的杜鹃枝条，一捆一捆往家里背，巴忠厌恶那山腰充溢着油脂的杜鹃枝条，她宁愿去砍贫瘠山上矮小的杜鹃枝条也不受那山坳的杜鹃诱惑。果不其然，巴忠怀孕的事，人们都知道了，被人强暴后怀孕了，女人们深有同感，就如自己再一次身陷困厄，男人们惋惜一朵花被轻易地摧残了。巴忠在人们的关切同情中，肚子一天天膨胀起来，如倒扣的锅，艰难地履行着上山下山的放牧生活。二姐来看妹妹，见了面先是抱着头痛哭了一场，哭妹妹的遭遇，哭女人的苦命，后来祝福父母有孙辈，二姐担心妹妹生孩遇到大姐的遭遇，专程跑来安抚妹妹。她们的大姐，因为难产，留下五个孩子撒手人寰，妹妹快分娩，二姐特来助产。

怀胎十月，终有呱呱坠地的一天。巴忠要生了，产房安排在羊圈，身下铺上一条毛毡，毛毡下垫上厚厚的滑溜溜的羊粪蛋。巴忠痛得死去活来，整整三天三夜，最后请来法师作法，才算是把孩子生下来。生了一个五官漂亮、健壮的男孩。家人一看生的是男孩，将巴忠抬移到大帐篷内，这是习俗，生了女孩不能进帐篷。老夫妻俩对新生儿的态度不一样，有人欢喜，有人愁。阿妈把新生儿装入自己的怀抱，稀罕地一遍遍亲吻，鸟妈妈般呢喃："小宝贝，奶奶的心肝。"阿爸瞄一眼感叹："小鬼，草原上又多了一个强盗。"二姐使眼色提醒阿爸："阿爸呀！小声点，自尊心很强的巴忠，听到会伤心的。"老头马上闭嘴。

阿爸是一个嘴上犟，好要面子的牧人，心其实比女人还柔软，他宠老婆宠了一辈子就是铁证。内心深处早乐开了花，家里添孙子何乐不为？

姐姐临走时向父母说起，巴忠的那门亲事，因发生意外，男方听说后推后了求婚的日期，他们没有啥顾忌，因为这种事在草原上见多不怪，巴忠母子不会受到歧视。

小男孩出生的那天是星期四，阿爸随口说就叫普布。巴忠对男人的恐惧厌恶到了极致，但是天性的母爱放大到极致，她疼爱儿子普布胜过了她的命。普布一岁时，那家人来求婚，被巴忠决绝地一口堵回去了："我不想结婚，不想让男人出现在我的生活中，有父母，有儿子，我这一生足够完满，去找个好女人过日子，别在我身上浪费你的人生。"普布两岁时，男方又一次提出要完婚，巴忠还是雷打不动地说着前面说过的话，毫不犹豫地回绝了。阿妈劝说巴忠："遇到一个坏男人，总不能把世间的男人，都看作一窝的丑旱獭、两窝的恶狼吧？我看这人不错，等了你几年了，这事搁在别的女人身上，抓紧福分的降临，可你……"

"阿妈，别说了，遇到一个好男人，我更加承受不起，我现在享受你们的爱，喜欢自尊的状态，随意自在，阿妈，真心说，我不想给自己带来烦恼的同时，也不想增加别人的不痛快。"

阿妈摇摇头对老伴说："可怜的女儿，善良的巴忠，自己不幸还处处为别人着想。"

老伴表示理解女儿的决定："拒绝别人，是不想给别人带去烦恼，那是她心怀慈悲，不想给自己惹麻烦，那是女儿维护自尊、善待自己的聪明做法，以后别再劝女儿，她自有想法，别给她增加烦恼。"

知道说多了都是废话，但是阿妈总是为女儿往后的生存考虑，她心里隐隐作痛，经常叹息担忧。

后来人们说那个男人，在等巴忠的同时，关不住男人的原始欲望，照样钻帐篷，已经有了两个私生子。那男人以为长角的雄鹿不必在乎长角的母牛，他不死心，岁月蹉跎。普布一周岁那年，旧时代退场，新时代新气象，一场重大的变革像劲风吹走残雪，巴忠迎来了有悖传统生活观念的新生。男人不一定是撑门面的，后来的合作社、互助组，依靠组员的互助照顾，女人能做到一根柱子顶起一顶帐篷，新社会提倡男女平等，女人照样可以是一家之主，养家糊口，巴忠不需要男人参与到她的生活中。那个男人绝望时，已经有三个私生子，游走在别的女人帐篷里，死性不改，又在巴忠帐前犹豫。巴忠为他的行为感到不齿，她想起了阿妈说草原上有的男人像野狗，太对啦，巴忠已经看清了这个男人的自私，没有责任心，不养育孩子的本性，把这男人抛到脑后，而这男人还不断纠缠，奢望巴忠有"回心转意"的一天。人们的看法：穷人之间的婚姻看利益，富人家里才有情种，这男人是个痴情种。巴忠不这样认为，钻帐篷，私生子，没有成为撑门面的男人，不是说明心里一直有我巴忠一个，而是怯懦男人的自私，是没有担当的表现。

"巴忠的做法是有原因的，她的遭遇可以理解，事过多年该放下了。"这是村支书的原话，他两头跑，撮合这对无缘有分的人，巴忠拿出无缘无分的强硬态度，一口回绝。无计可施的村支书，又在这个男人身上下功夫。一个男人整天乱游荡，给村子里带来了麻烦，他警告男人，不进一顶帐篷去做顶立门户的男主，生产队就给他组建一户孤儿（私生子）之家。男人一听慌了神，听从支书的安排，乖乖地成了有两个私生子女人的丈夫。可事情远没有结束，巴忠的美貌，巴忠的能干，巴忠的正当年华，使得她身后爱慕者不少，有非分之想的穷追不舍的男人不少。有时候，追求者感动不了巴忠就感动阿爸阿妈，阿妈每每遇到这种事，就蠢蠢欲动，希望女儿开启新的人生，甚至做出怂恿追求者使用暴力手段，制造一些机会。可惜男人们一个个败下阵来，阿爸睁一只眼睛闭一只眼睛，默默观察，从不参与，很少干预。

普布十五岁那年，支书来到帐篷前，说服巴忠把儿子送去上学。乡上新成立了寄宿制小学，现在招收八岁至十六岁的男孩女孩去学校受教育，学文化知识。巴忠说儿子十七岁了（藏俗：虚岁，胎岁各算一岁），年龄超了。支书认为超一岁无大碍，社里考虑到巴中家老的老，小的小，没有男人顶立门户，为减轻家里的负担，决定送普布去乡里上学。两位老人感动得伸出大拇指，直夸救星共产党、毛主席。生产队为普布上学给学校拨了两头奶牛、四只羊，作为他的口粮。谁知，不到两年，普布领着一个年龄相仿的女学生跑回了家。校长、班主任、支书都来家劝他们回到学校，继续上学，这两个逃学者铁了心，雷打不动，就是死活不去上学，阿爸看出来了，这两个人已经是做了男女之事的夫妻，哪有心上学，就劝退老师、支书："这个孩子命里注定不是掌握知识的人，我看他天生就是钻帐篷的命。"

客人走后，巴忠和阿妈都埋怨父亲，不应该在别人面前说普布命里注定是钻帐篷的人。草原上人们提起钻帐篷的男人，是花心、没有责任心男人的代名词。尤其是巴忠，对老父亲的说辞非常不满，普布是她心爱的儿子，是她的精神依托。一向大度宽容的老父亲，动了真气反驳道："你这女人就是头发长见识短，你都不知道怎么疼爱儿子，你们这两个女人，尽给他喂甜蜜的东西，不让他尝口苦的东西，你们是在害他，不是爱他。"

阿妈说："老头子，你老糊涂了，疼爱孩子是过错，天理不容？"巴忠一听勾起了许多往事。"阿爸，当初普布在我肚子里时，您就带着成见，生下他后您不待见他。"巴忠一把鼻涕一把泪地哭起来了。

"老头子，孩子是我们全家人的宝贝，孩子有什么罪过？你说啊！"老父亲也反省自己的言语不当，借坡下驴，趁机说："是啊，我没有说他不是我们家的宝贝，我只是说溺爱孩子的教育方式不当。小狗投喂的肉多了，除了舔主人学不到技能，长大后跑出去找食难。一味地宠爱过度，反而对他今后的人生不利，不能什么事都顺着他，要给他压力和责任心，我在他这个年纪已经挑起了家庭的重担。这倒好，你母女俩成天把他当未成年人对待，左一个叫心肝，右一个喊宝贝，唉！两个女人，把男子汉养成了小姑娘。"

"阿爸，现在时代不同了，我们生活在新社会。"巴忠说出了强有力的反驳，可老父亲的一句人生经验之谈，让两个母性深厚的女人破防，无言以对。

"傻母女，每个人的成长，在旧时代也罢，新时代也罢，随着年龄的增长，该到那个年龄段，就该有与年龄相匹配的人生担当。你母女俩把堂堂的男子汉宠爱得像任性、长不大的孩子似的，现在百依百顺不让他吃半点苦，以后他怎么知道生活的甜呢？宠！宠坏他！"老父亲说完忧心忡忡地背手离开了帐篷，向远山走去，留在帐篷里的母女发愣。她们俩懂得老父亲说的道理，可在日常生活的操作上，泛滥的母爱碾压了理性的教养，为普布日后的生活埋下了隐患。

是啊，这边两辈人们为下一辈人的生活担忧争辩，那边普布与带来的女孩做快乐的事，老阿爸说得没错，新旧时代与年龄无关，与年龄匹配的人生经历有关，到了青春期，普布自然而然会做他该做的事，关乎人生的经验和体验，被浓浓的两辈母爱娇宠，物极必反。

普布就这样辍学了，过了半年，女孩也被家里人带走。在外人眼里，普布自然而然成了这个家庭的主要男劳力，生产队开始经常派活，剪羊毛，驮运青稞，还有每年一度的屠宰，都由他代表这个家庭出工，人们不再说巴忠家是老的老，小的小，社里的困难户帽子摘去。外人看来普布似乎撑起了巴忠家的一片天，其实，撑起这个家庭的人还是巴忠本人。这时的巴忠三十五六，美人迟暮，美丽的容颜还是让男人们垂涎，让男人们执迷不悟。死了妻子的鳏夫，抱着必得的信念；喝着碗里的茶，想把持茶壶的男人想入非非；想占便宜有一夜之欢的男人比比皆是；还有抛家弃子的负心汉，在暗处摩拳擦掌，跃跃欲试；更有手里握点小权，想揩油者寻找时机；当然也不乏真心实意者。但是，巴忠像冰山的雪峰岿然不动，让癞蛤蟆吃天，无处下口，她在早年已经关闭了通往男人感情世界的所有通道。在她的眼里，男人是另一种性别的人，可以平行生活，不能有交集，认为男欢女爱除了带给女人无尽的伤害，就是轻视、不尊重，因而她要自立、自强、自爱，活出不一样的女人样。泼辣干练，心灵手巧，通情达理，是那一方草原上女人的风向标。

与普布一起辍学的女同学，给别人当了三年的媳妇，回头还是找普布，诉说了她的不称心和不如意，都是因为她的心里装的男人还是普布。家里的两位老人一致反对吃回头草的女人，巴忠尽管看出女人不属于安分守家的好媳妇，可是一向雷厉风行、说一不二的她，看到儿子喜欢，不忍心拆散，默认了这对年轻人的夫妻关系。

女人进了巴忠家，老阿爸却走了，没有撑过一场重感冒，阿妈背地里抱怨这个女人不吉利，是女鬼。巴忠劝阿妈："那是迷信，干部下乡天天宣传"破四旧"，您这是旧思想、旧观念，女人就是女人，世上没有女鬼。"

"女鬼就是女鬼，不信你等着瞧，她会让这个家变成孤儿寡母，你的苦头还在后面。"

女人知道奶奶不待见她，尽量与奶奶不打照面，少说话，更谈不上侍奉老人。三个女人一台哑剧，家里变得很沉闷无生机。普布左右为难，哄奶奶妈妈高兴，还要讨好媳妇，他唯唯诺诺无主见的性格，在穿梭在家人和媳妇之间的几年里，得以升级。两年过去了，阿妈见孙媳妇肚子没动静，私下与巴忠说："我知道了，她生不出孩子，被那家人赶出来，又来缠上我们忠厚老实的普布。"巴忠听阿妈分析，觉得不是没有道理，说了句"不排除这个原因"。但是，她对于女人必须生孩子的观念并不苟同，她的认知里，女人太苦命，大姐生孩子把命搭进去，留下一堆无娘娃，还有草原上常传来这种生娃死人的消息，便对阿妈说："生不了就不生了，女人非得就是生孩子的？别把命搭上。"

阿妈不能容忍生不了孩子的女人，更不认同巴忠的想法，用漏气、口齿不清的嘴，说着语重心长的担忧话语："女人的天命就是生孩子，普布的女人不能生育，这家的日子往后怎么过啊？我总是要走的人，你也会步我的后尘，总不能让我们母女疼爱的普布，等到你我离开，孤单地生活在世上，难道你不可怜他无依

无靠?"巴忠听出来了,阿妈对她不结婚,只有普布一个独苗苗
不满。

"阿妈,没爸没妈的孩子有的是,我们收养一两个做善事。"

"傻女儿,记住普布不能没有子女。"

阿妈说完后果断地闭嘴,她太了解女儿的脾气了,通天河的
水头——拉不回来。巴忠知道这句话是阿妈最大的愿望,不再提
收养孤儿之事。就这样,三个女人,加上老实木讷的普布,别扭
地过着日子。整整五年过去了,儿媳的肚子一直瘪着,巴忠也沉
不住气,带儿媳去县城医院看病。医生的检查结果是儿媳患有严
重的妇科病。阿妈在抱重孙无望的遗憾中,无疾无征兆,安详地
在睡梦中离去,人们说老人的这种离世方式有福报。

阿妈去世后,巴忠仿佛被抽干了似的变得空虚,精神恍惚。
正在这艰难之时,儿媳妇离家出走,家里就剩母子俩相依为命。

普布守着母亲过了好多年,改革开放的劲风吹进深山,生产
队的牛羊、草山分给牧民,这时草原上人心变得涣散,行动自在,
一切都往开放里站队。快到不惑之年的普布,留下母亲一个人守
家放牧,他离开了家。巴忠这时候想起了阿妈的忠告,没有儿孙,
母子俩的家是孤单的家,巴忠懊悔,这是不听老人言的后果。

巴忠想什么来什么,五十七岁那年,迎来了第一个孙女。

离家出走的普布出现了,身后跟着一个瘦小的小个子女人,
怀里抱着出生不到一个月的女婴。巴忠顾不上询问其他的,就像
阿妈当年接过初生的普布一样,用双手把女婴接过去后,亲了小
婴孩的额头,说了阿妈当年同样的话语"奶奶的心肝宝贝",揣
进了她的皮袍怀抱。她仔细端详小婴孩的这一张小脸,确认五官

后，喜极而泣，带着哭腔动情地说："想起了过世十几年的阿妈，女婴太像我的阿妈，原来她托生来陪伴我了。"心里暗暗地认为，这是阿妈的在天之灵护佑她，自己要振作起来，生活有了盼头。女婴与普布出生在同一月份，上了岁数的人见了小女婴，开口就说："活脱脱的小仙女。"巴忠说女婴是家里的卓玛仙女，从此巴忠的第一个孙女叫卓玛拉毛（拉毛：仙女），昵称卓玛。卓玛黏附在奶奶的羊皮袄里，奶奶的怀抱是她温暖的摇篮。牙牙学语时，她是奶奶的鹦鹉鸟；蹒跚学步时，她是奶奶身后的影子。这是巴忠自父母离世后，过得最充实温情、忙碌知足的日子。四年后，卓玛再添一个小妹妹。

卓玛有得有失，妹妹来到这世上不久，不知大人之间有什么解不开的疙瘩，还是亲生母亲受到了委屈，决然地离开了这个家，应验了老阿妈当初的预判结局，这个家变成孤儿寡奶，妻离子散，也让老阿爸说中了普布是没有担当的男人。妻子走后，普布经常不着家，慢慢不见了踪迹，巴忠只能扮演多个角色：慈爱的奶奶、贴心的母亲、威严的父亲、生活中的导师、精神上的领袖，两个孙女儿紧紧依偎在奶奶身边成长。人们同情命运不济苦命的巴忠，说："巴忠的苦难还在延续，苦命的女人。"人们的怜悯在巴忠这里，应该是多余的，她的脸上从来挂不住愁云，身边的两个小孙女，让她连眼角的皱纹里都是喜色。

六七年过去了，巴忠已经习惯了儿子不照顾家的日子，卓玛姐妹俩以为阿爸再也不回家了，谁知，普布像不期而来的山雨，说来就来了。姐妹俩看着阿爸出现在眼前，不知所措，生疏地看着陌生又想亲近的阿爸，更让姐妹俩感到惶恐的是阿爸身后，那个腆着大肚子的女人。巴忠一看出现的女人，对儿子一肚子的埋怨之言就咽回去了，有时候母爱的伟大，就在于简单的无条件原谅，她接受了儿子的一切过错，接纳了大肚女人，姐妹两有了不尽如人意，但是还算完整的家。

巴忠家出现的这种局面，就是雨后的彩虹一般短暂，几个月后宣告结束。后妈生死竭力地生下一个小女孩后，难产大出血离世。做奶奶的巴忠，再一次扮演起母亲的角色，她的羊皮袄再一次成了新生儿的温暖襁褓，她承担起了哺育任务。看着家里出现的困境，巴忠这时忍无可忍，新账老账一起算，抱怨普布对人生、对家庭、对儿女的不负责任的态度，直呼"造孽"，怨自己，训儿子，当巴忠听到嗷嗷待哺的婴儿微弱的哭声，她的母爱泛滥成河，儿子的过错不过是河床沉淀的小石子儿，爱是洪流，冲走了一切不如意。

作为父亲的普布，在家努力地坚持了一年的鳏夫生活，老毛病又犯了，抛开家，离开了母亲和三个女儿，选择了他的生活方式，去富裕的另一家牧户做赘婿，把儿子、父亲的责任择得干干净净。这一次，巴忠对顺坡往下跑，逃避困难的儿子绝望了，她也看清了生性懦弱的儿子，对儿子说了狠话："我从你身上看到了你那强盗父亲流浪狗的影子，从你的不担当、没有责任心的行为，看到了我和阿妈的过失，现在得到了恶报。从今往后，我要赎罪，要弥补我和阿妈的过错，三个孩子跟你没有任何关系，他们是我的孩子，走吧！走得远远的。"

随着儿子的出走，六十多岁的巴忠，辛苦地抚养三个孙女儿。牧民的生活方式，大山的环境，决定了劳力是家庭的主要支撑，而巴忠在易老的光阴中，无情的岁月，让她成了白发苍苍的老人。三个未成年的孙女儿，是她心中的一道坎，继续留在偏僻的深山，生活越来越艰难，随着她的年岁增高，体力不支，抚养孙女们成人，显得力不从心。为了给她们的人生添彩，为了孙女们有好的生存环境，她的人生中有了第二次突破性抉择，俗话说：牛羊死守一方水草——饿死，牧人逐水草而居——富裕。她决定，为了三姐妹今后要走的人生路，变卖微薄的家当，走出大山搬到乡上去生活，亲戚邻里听到巴忠要背离祖祖辈辈生活的原乡，带着三个幼小的孙女儿，像流浪狗一样讨生活去，都说巴忠"老糊涂了，老太太疯了"。巴忠的兄弟姐妹的小辈们都来当说客，劝说："姨妈，牧人就是背靠着大山，依仗牛羊生活的，你变卖了牛羊，离开了家乡，怎么生活？"

"是个生命，就有他们走的路，有他们低头吃的一把草，我们四个娘儿们，不缺腿少胳膊的，现在的社会，饿不死。"

"姑姑，你疯了，想啥呢？年轻人出去闯荡说得过去，表哥普布我们这一辈人，都已经跟不上时代的发展，被淘汰了，坐在家里哄孙子养老，您可是我们的长辈，一头的白发，出去就是一个老乞丐和三个小乞丐。"

巴忠轻松地调侃："大侄子，我就是疯了，对于疯子，你白费口舌，你们是我的亲人，真心为我好，姑姑自有背井离乡的不得已。"巴忠不向任何人透露她真实的意图，也不逢人就说自己的苦衷，叫苦连天。二姐听说巴忠执意去"流浪"，让孙子为她牵马，亲自上门来说服这个从小就爱自作主张的倔强妹妹，下了马拄着拐杖，一瘸一拐还没走到帐篷跟前，就叫着："傻女人巴忠，你在哪里？"

巴忠闻声从帐篷里走出来，看见二姐，迎上去，姐妹俩行过贴脸见面礼后抱头就流泪。二姐用拐杖指着面前三姐妹说："你又在做傻事，怎么忍心把这三个没娘娃变成小乞丐？留在大山里，我们饿不死，亲人邻里都会帮衬你，普布不照顾家，亲戚们会来帮助你。你多大岁数了，要跑出去讨生活，我们是牧民，只会干牧活儿，你出去怎么养活这三姐妹？除了当乞丐，还是当乞丐，听姐姐的别走，或者搬过去跟我们一起生活。"

巴忠说了一些真心话，二姐无言以对。

"姐姐，到了我们这把年纪，谁不想安度晚年，可我的情况不能跟你比。你看，这三个孙女儿，我得担负起抚养的责任，你说得很对，我们四个人留下来不会饿死的，亲戚邻里会帮我照顾孙女们，可是，家家都有难处，我不想给亲人们添麻烦，再说现在的人们在利益面前，都自顾不暇，你是心有余而力不足，我们这四张嘴，不是只吃不吐的财宝鼠，而是掘地的土拨鼠，吃一顿两顿饭没什么，住一天两天没什么，可长此以往，谁受得了？解急一时能做到，解困只有靠自己……"

二姐听着听着不插话，默默地点头，流下无奈的疼爱妹妹的泪水。巴忠心里对自己说：凡事要自己定夺，不要被人牵着走，建议、劝告可以听，相信自己，认准了的路走下去，为了三个孙女，值得去他乡，换种活法。

天还没有完全放亮，微弱的晨曦中，卓玛背上失去母亲的小妹妹，巴忠牵着二孙女，赶着两头奶牛、一头驮牛，驮上了所有的家当和生活用品，爬山离去。选择这个时段走，是巴忠不想惹人眼，悄悄离开。过了山巅，她们就与原乡分离开了。巴忠站在山头回望，只见淡淡细细的炊烟，柔弱地努力地向空中飘升，真如自己为生活所做的奋斗一样。她攥紧二孙女的手，对大孙女卓玛说一句"走"，离开了此地。她那干脆的语气，决绝的转身，脚下生风的步伐，足见那一刻，她老人家的自信、沉着和坚定。她这一华丽的转身，为日后孙女们的华丽登场搭建了 T 台。

巴忠不是走出来盲目地投他乡，她目标清晰，她的落脚点是乡镇，她有自己非常理智的考量，脚踏实地，量力而行，不妄自尊大，不妄自菲薄，不突兀地去县城或更繁华的大地方，她把自己的能力定位在乡镇。来到乡政府后，在乡镇边缘，一顶小布帐篷，一个简陋的家，开启了祖孙两代人的精彩生活。到了乡镇，首先熟悉周围的环境，再融入乡镇，施展才能的时候到了，巴忠把积蓄在体内的能量，还有积攒的人生智慧，释放出来了，引导三个孙女，日后走向了异样的人生。

央金听到这里，忍不住对奶奶的敬佩之情，站起来兴奋地说："梅梅，奶奶太牛叉，六十八岁的年龄，做了一个'乡漂'，勇气可嘉。我想起来了，齐白石在 1919 年他五十八岁的年纪，变卖家产，举家搬迁，做了'北漂'，让当时的人们刮目相看，他年过半百有冲出社会做'北漂'的胆识。我们的奶奶，比齐白石整整大了十岁，她审时度势，预判了她的能力，选择了适合她生存的环境——乡镇。"

"奶奶走出大山的一小步，却是跨越人生的一大步，走出了几辈人的梦想。"然后，梅梅扭头对卓玛说，"这就是奶奶的与众不同，奶奶的格局。你今天的路，是奶奶铺的。听你讲奶奶的身世，奶奶的一生，是苦难中开出的花，分明就是苦难本身，苦难让她变得如此坚强有力量。"

央金说："我忽然想起了泰戈尔的一句诗，是奶奶善良豁达处世的写照。"

梅梅轻声吟诵道："世界以痛吻我，要我报之以歌。"

"梅梅，心有灵犀一点通，就是这一句诗，奶奶非普通人。"

卓玛没有听懂诗句，但她估摸到是对奶奶的赞美，接上话头说："是的，我这一生最该感恩的人就是我的奶奶。"卓玛说着，眼圈红了。

央金一看卓玛马上要掉煽情的泪珠，忙转移话题："卓玛，继续！"

巴忠一家是乡镇的外来户，可她又是熟悉乡镇每个角落的人，像消息灵通人士，乡镇的人际关系，交往之道，路途消息，甚至是国策，政府出台的政策，乡政府的工作动态，她都略知一二。谁家有多少牛羊，哪家缺劳力，她就去帮工，挤奶，捏牛粪，晒牛粪，帮忙做家务，炒青稞，磨糌粑，谁家揉羔皮，需要帮工或付薪酬，她都做，有时候不计报酬，纯粹帮忙，做不完的活儿，带回来让卓玛姐妹在家做，教会她们劳动的技能，巴忠说："学会干活，就是学会生存。"她不知疲倦地用踏实、细致、爱心换回报酬抚养三个孙女。漏风漏雨的小帐篷，一年后被她们换成了十多个平方米的土屋，不怕冬天挨冻。别看土房子简陋狭小，天冷的时候，小土屋内火炉烧得旺旺的，热烘烘的，充溢着家的温馨暖和。院墙是用牛粪垒起来的，有烧不尽的牛粪燃料，这是巴忠用身上用之不竭的力量垒砌的牛粪墙，当星星还没有褪去星光的凌晨，巴忠奶奶顶着寒风，背来大背篓捡拾的牛粪燃料。做了牧活干农活，不用说，巴忠还会做丰盛的藏餐，出人意料的是她无师自通，还会做汉民的饭，包饺子、包包子、擀面条、炸油饼、做锅盔、烤馍都是技高一筹的能手。人们惊诧于这个深山里来的老太太的潜在能力，问巴忠："谁教会你做这些吃的，尤其是汉族人的食物？"

她坦诚地回答："我这人手脚勤快，好学，学来的。"

"不信，乡政府的汉民大师傅都自叹不如你，你的前世在汉地。"人们只有这样解读这个浑身充满神秘色彩的老人。她有迷人的风采和人格的亲和力，自带磁场，几年下来，巴忠在乡镇声名鹊起，哪一家宰牛杀羊，主人家都早早来告知她，要她去帮厨，洗肠子，灌血肠，灌肉肠，处理内脏。巴忠的本事就是能够把本该丢弃的"废物"，肠肠肚肚，五脏六腑，经过她那双灵动的手做出花样翻新可口的美食，把本该只作简单粗糙加工的食物，经过她精心的花样翻新，做出可口的食物，就是一样的煮肉，巴忠煮的肉口感也鲜美滑嫩，有的人向巴忠讨教秘方："巴忠奶奶，你煮肉有祖传的偏方，与我们牧人煮法不同，能告诉我们吗？"

巴忠奶奶总是笑着坦然地公开她的秘方，牧人家的女人，一辈子围着锅灶转，没有祖传秘方，倒是有些经验积累和感悟。煮肉首先是肉与水的比例特别重要，汤汁多了，夺走了肉的鲜味，营养流失在汤汁中，而汤汁往往被我们泼弃掉了，肉吃起来缺少鲜美味，口感差。其次，盐巴调味适中，不淡不咸，盐巴放多了，盖过肉香味，盐巴放少了，肉腥味重。还有往锅里放盐巴，要掌握好放盐巴的时机，开锅前放盐巴，出锅的肉硬缩一团难咬，刚开锅时放盐巴，肉柴，等到红色的血水滚到泛白，放盐巴，肉质嫩，口感好。讨教的女人们"呃呃"直叫早失去了耐心："巴忠奶奶，你煮一锅肉的繁多过程，比我熬制曲克安哒还繁琐。"

巴忠摇着头说："这是我常年积累的经验之谈，其实我是有秘方的，秘方是我的感悟，做好可口的食物，最主要的是七分的爱心，加上三分的经验。"

闻者感慨道："想不到，巴忠奶奶像敬佛一般对待做饭这件我们习以为常的事，难怪我们做不出美味的食物，原来奶奶是用佛心来做食物的。"人们自知望尘莫及，只有把巴忠奶奶作为典范，扶持起来，使她无形中成了远近闻名的大厨。

牧民家有了婚礼，少不了请她去做大厨，甚至是乡上职工结婚，也请她去帮厨，她的包子褶，包得匀称精致，让人叹服，乡长夸赞说"堪比宫廷包子"，没有人质疑她的前世在汉地之说，人们毫不怀疑地相信，这个从大山来的牧家帐篷的老人，掌握着无师自通做饭的绝活，神秘得有些诡异，这种诠释再合理不过。

勤劳的巴忠奶奶，自有她与众不同的作为，让牧民女人手里的达拉水，风生水起，送人曲克安哒，手留余香。

巴忠奶奶自己没有几头奶牛，可看到牧民家主妇们嫌达拉水熬制奶渣太麻烦，把打出酥油寡淡的达拉水，一锅一锅地端出来倒了。现在的人们生活条件太好，嫌弃达拉水。巴忠奶奶看到，可惜得心疼，她深谙达拉水的价值，回忆起小时候，每当到了草长莺飞，大量产奶的季节，那些夜深人静的月夜，和阿妈一起熬制曲克安哒的情景，她想到了要把牧民们弃置的达拉水，变废为宝，于是，她"重操旧业"，施展了两下手脚。

巴忠奶奶的执行力很强，想到做到，要回来达拉水，第一道工序，熬制奶渣，奶渣是糌粑的伴侣，她把吃不完、多余的奶渣，无偿送给需要的人。第二道工序，在熬制奶渣时，从奶渣中提取曲克汁，凑上一锅后进行一次二次发酵。第三道工序，千滚万炖，熬制成黏稠的曲克汁液，然后收汁起锅。第四道工序，倒膜成形，晾干切块，一道零嘴美食曲克安哒制成了。

乡镇的男男女女，老老少少见了巴忠奶奶，趋之若鹜，那些人像游走寻找食物的嗅觉灵敏的牧羊犬，每当大人们见了巴忠奶奶，先是一阵客套的寒暄，言不及义，东拉西扯，巴忠奶奶心领神会，不驳面子，拿出曲克安哒相送。而无所顾忌的小孩，直接屁颠屁颠地跟过来："巴忠奶奶，我要吃曲克安哒。"巴忠奶奶毫不吝啬，从怀里敏捷地掏出曲克安哒，分享给贪吃的孩子们，有人戏称巴忠奶奶是"鸟妈妈"。自从熬制曲克安哒开始，她变成了一块吸铁石，把贪嘴的人们吸引在身边，巴忠奶奶人缘好到从没有人对她有过半句微词。

巴忠给孙女们留足护肤用的和够吃的零食，其余的她毫不吝啬地分给女人们和孩子们。奶奶用这种方式回报人们对她们孤女寡奶的帮助，她对所有的人抱有悲天悯人的关爱和真诚，孩子们亲切地称呼她曲克安哒阿伊（奶奶）。后来，每年夏季产奶季节，巴忠就像当年阿妈领着她一样，领着卓玛，举行庄严的曲克安哒最后一关熬制仪式。

煨桑台前举行火供，抛撒米粒、青稞籽儿、糌粑粉，点燃松柏香枝、藏香，洒上圣水，吟诵祈祷经。等做完这些神圣的仪式，奶奶告诉卓玛："宝贝，你记住，我们在煨桑台前祭拜曲克安哒神灵，不是为了弯下身了讨教，而是放下傲慢的态度，敬畏它千年的延续；祷告不是为了祈福，而是感激它对高原人的恩惠；念经持咒不是为了亲口敬业，而是为了帐篷女人们心的清净，所以选择万籁俱静，是熬制曲克安哒最佳时间，离开白天纷扰世间的喧闹。凡是千年传承下来的东西，都有一个安详从容静美的神灵住在它们的灵魂里，守护它们。"

巴忠把少年时代阿妈领她在煨桑台前祭拜的流程，重演了一遍，角色换了，巴忠是阿妈的角色，孙女卓玛是她曾经的角色。同样是在夜深人静的月夜里，手把手教卓玛熬制曲克安哒，把她掌握熬制曲克安哒的秘诀，以及多年来积攒的经验传授给卓玛。

卓玛说："现在回想起来，奶奶丰富的熬制曲克安哒的经验，是她精准掌控的火候和对时间的把握，这些奶奶如走羊肠小道般熟悉的操作，在她阿妈的年代里，早烂熟于心，所以我在奶奶额头深深的皱纹里，看到了秘方，她从她阿妈那里学到秘方，我从奶奶那里学到秘方。"

央金接上话茬儿："你得到了曲克安哒的真传，老阿妈传给了奶奶，奶奶传给了你。"

梅梅只用了五个字总结："这就叫传承。"

卓玛继续讲她的故事：

卓玛不解地问巴忠："奶奶，现在市场上各种护肤品和防晒霜多如牛毛，没有人再用曲克安哒涂脸，吓唬人的丑脸，难看得走不出家门，被人们视为原始落后，大街上出现一张涂抹曲克安哒的脸，肯定会引来围观，以为此人有病，精神不正常。"

巴忠对孙女的说法，焦虑地呼了一口气，忙用手捂住卓玛的嘴，用惊慌失措、讳莫如深的神色逼停卓玛，对孙女嘴里蹦出来的这些大逆不道的言语，先念了六字真言"唵嘛呢叭咪吽"，替孙女消弭罪过，然后责备："不敢口出妄言冒犯，你们懂啥，市场上买的擦脸油都是些什么？听女人们卖惨说，今天这个擦脸油皮肤过敏，脸肿得胖一圈，明天跑医院打针吃药，无脸见人。还有女人们把兜里的钱，毫不怜惜地花在有害的擦脸油上，价格贵得吓人，擦脸油，养成了女人们喜新厌旧的坏毛病，今天花钱买一堆，明天换新的。奶奶不是老观念，曲克安哒护肤就是好，我这辈子没有听说过抹曲克安哒过敏的，倒是经常听说商店里买的擦脸油过敏，奶奶这辈子除了曲克安达，商店里买的只认凡士林。"

奶奶有她坚定诚实的顺口溜："现在的护肤品，年轻人嘴里的化妆品，表面看来日落妆不落，天黑脸不黑，最终过敏毁皮肤；祖上流传下来的曲克安哒，日落不洗脸，天黑脸更黑，小脸养得白又嫩。"

她反问卓玛："说来说去，你说哪个好呢？"

卓玛辩不过奶奶，就说商店里买的擦脸油包装好看，她都保存了好几个，奶奶说："那就是穿花衣无用的蝴蝶，朴实无华的蜂蜜才酿造甜蜜。"

"奶奶，我认定橱窗里的护肤品，以后曲克安哒是我的零嘴，不是防晒护肤的擦脸油，反正我是不会把曲克安哒当护肤品用。"

"不经世事的小丫头，可不能把话说绝了，说不吃不吃的客人抓起刀，三大块肉下肚了；说不喝不喝的客人，端起茶碗喝三大碗；发誓不过你家门的仇家，也要过三回。有些事不由你做主，由因缘而定。"

"奶奶尽说不着边际的话。"

巴忠摇了摇头："唉！时代不同了，可我觉得我们牧人的传统食品，传统护肤品，老祖宗留下来的珍贵东西，是最好的。深奥的道理我不懂，你听我的话佛有三宝，人也有三宝，走遍天下不饿肚子：学进脑袋的知识，掌握在手里的技能，还有爱心和勤快的手脚。我教你做曲克安哒，就是让你与众不同，比别人多掌握一种生活的技能，多一份生存的保障，宝贝，技多不压身。"

卓玛还小，不懂奶奶话中的深意，看在对奶奶敬爱的分儿上，奶奶教，她顺从地学。她怎么也想不到十几年后，奶奶的身教言传，使她像一个有先见之明的智者。在创业的路上，卓玛与曲克安哒相爱相生，与曾经少年无知的轻言相杀，曲克安哒杀了个回马枪，逆袭了卓玛的人生坐标，其结果大反转，曲克安哒让卓玛做了追梦人，实现了人生的价值。

央金眨眨眼，愕然地说："卓玛，奶奶像一个能预知后事的神婆，冥冥中她已经为你的今后人生筑梦铺好了路。"

"是的，我的奶奶平凡又与众不同，她对我的恩重如山是我无法报答的。"

梅梅说："其实我是通过你对曲克安哒的创新发展，看到了你替奶奶体现了她的人生价值。"

平时，人们看见姐妹仨，怜爱地说"可怜的三孤女"，卓玛很不理解，明明自己过得很幸福，不愁吃，不愁穿，有奶奶的疼爱，没有感受到无父母的孤儿苦，反而比有父母的小伙伴有种优越感，过得开心，她很排斥人们多余的同情怜惜！她反其道而行之，去同情那些没有好衣服穿，蓬发秽面不干净，穿的老羊皮脏兮兮的小伙伴们，常把好看的衣服借给他们穿。

卓玛三姐妹的优越感来自内心的自信，这个自信是奶奶一手打造的。三姐妹冬天穿着缎面的羔皮袍子，夏天穿氆氇袍子，还有花衣裳、各色裤子、时尚的小鞋子，每次都惹得小伙伴们把指头塞在嘴里，围观羡慕嫉妒恨，而三姐妹是孩子们艳羡的焦点人物。乡干部和职工子女埋怨父母，为什么爸爸妈妈不买好看的衣服给他们穿？而没爸妈的三姐妹比他们穿得好。奶奶把三姐妹收拾得干净漂亮，穿戴整洁，发辫光鲜柔顺，让三姐妹出现在人面前特有风范，还把孙女们培养成有礼貌，懂得谦让，从容优雅，不争不闹，文静的小公主们一般，周围的人们觉得不可思议，费解，便归结为"阿伊（奶奶）巴忠上辈子不是贵族家的夫人就是富贵人家的小姐"。

懵懂的卓玛心里有过困惑，一问奶奶人们对她的议论，是否前世是贵族出身，奶奶回答："人的嘴，无形的边，想说啥就是啥；人的嘴，黑暗的洞，不辨是非，不听他们胡说八道。"

卓玛二问奶奶："小伙伴们有爸有妈，有的父母都是单位上班挣工资的，为啥小伙伴们穿的不如我三姐妹好，不如我三姐妹干净整洁呢？他们的父母不爱他们所以不给他们买吗？"

巴忠奶奶慈爱地看着乖巧的卓玛，满眼都是笑，喜欢孙女的乖巧和单纯，她这样善意地回答卓玛提出的问题："傻丫头，哪有父母不疼爱子女的，他们的父母上班忙，顾不上照顾他们，可你们的奶奶我，不用上班，有大把的时间，坐在家里有时间像母猫舔小猫，捯饬你们三姐妹。"

卓玛反驳奶奶："不对，我问的是他们的父母比你有钱，为啥不给子女买好看的衣服穿。"

巴忠奶奶呵呵大笑，笑得满眼是泪花，看小姑娘不好哄，暗喜孙女的聪明伶俐，便避重就轻地说："他们的父母爱他们，给他们买好看的衣服穿，不买他们早光着屁股满地跑。不同的是奶奶对你们的爱，得付出双倍的，父母一辈的一份，奶奶的一份，两份爱加起来，你们三姐妹的衣服就比其他小伙伴的衣服多一份，在他们眼里，你们多穿了一份，小伙伴们自然觉得你们比起他们衣服多，衣服好看。"卓玛听后似乎明白，小伙伴们羡慕她的原因，原来是奶奶的双倍爱多了一份穿的衣服。心中的疑惑解开后，卓玛"嘎嘎"地笑了，笑得清脆，笑得干净清纯。多年后，成人的她才明白，是奶奶的大爱，才使得她们姐妹，在人前风风光光，活得有自尊自信，这就是奶奶超越爱的智慧，给三姐妹营造了健康的心理成长环境，没有条件创造条件，给了她们温暖自尊的成长条件。

卓玛年纪稍长后，又问过奶奶同样的问题，这个时候的奶奶话锋变了，变成了现实版的口头禅："女孩，受罪的命，需要更多的疼爱；女孩，花朵般的娇美，要精心呵护。"

一直以来，为了三个孙女儿，她倾尽所有能量来抚养她们，随着岁月的失去，把自己的脊梁弯成了门前那道山梁。三妹到了上学的年龄，她们三个人一起把妹妹送进了学校，对三妹寄予了厚望。

奶奶如乡里加柴油发电的机器，不知疲倦地超负荷运作，她顶着一头的白发，在乡镇跑上跑下，忙里忙外。终于在三妹上到四年级时，积劳成疾的奶奶倒下了，平时她在岁月中积攒的小毛病，经过长年累月的劳作，变成了基础性的病。怕什么来什么，她对人说："我不能病倒，别人有病，可以躺下养病，而我不能，躺下了这几张嘴谁来喂？别人有病，去医院治病，我不能，治病花钱，我的三个孙女只能站在大风天里吃糌粑粉，我倒下了，我的三个未成年的孙女谁来养活？"可是病魔不遂巴忠奶奶的所愿，本来浑身缠病的她，硬撑着为孙女们遮风挡雨。

"当时，十七岁的我，依偎在奶奶身边，因为得到奶奶的精心呵护，幸福过头，从没有想过我的奶奶，其实她是一位七十多岁，步履蹒跚的老人，她会生病，会离开我们，离开这个世界。还总觉得岁月那么长，奶奶会一直陪伴我们成长，为我们撑起一片天，真没有想过奶奶要跨过岁月的门槛，去另一个世界。没有想过生命的轨迹向前走，奶奶的生命也在一天天耗尽。忘不了在那个深冬，一向咳嗽到天亮，第二天黎明前，仍然爬起来劳作一整天，与太阳争夺时间的奶奶，在那个太阳升起的早晨，虚弱地躺在床上，再也起不了床。此时，我感到了恐慌，哭着跑去乡镇卫生所，求医生为奶奶出诊看病。医生一听是奶奶病了，简单地询问了奶奶的病情，备上所需的药品，背起药箱，赶到家为奶奶治病。医生说奶奶的各种旧病一起复发，尤其是肺炎，转成肺气肿无药可救，需要到城里医院住院。病情危急，医生说她去找乡长解决，奶奶却一把拉住医生的手说：'不用麻烦乡长，我知道自己的身体和病情，再好的医院，再好的大夫，已经治不了我的病，况且家里没有闲钱为自己治病，我的时日不多了，想和我这三个苦命的孙女在一起。'奶奶的话语，让心软的女医生抹起了眼泪，她给奶奶输了液，安抚了奶奶一番背着药箱走了。我从医生黯然失色的表情和与奶奶的对话中，看到了情况的严重性，送走医生后，我一头扑向奶奶，抱住奶奶号啕大哭，二妹和三妹听到我的哭声，也机械性地扑在奶奶身边伤心地哭，她俩只是心疼奶奶单纯地哭，却不知道奶奶已经无药可救了，只是看见我哭得很伤心，反射性地跟着哭。奶奶用含混的言语，反而安慰我们三姐妹。左邻右舍的人们听说奶奶病倒了，每天都有人来探望，乡长也带着乡政府的救济金来探望奶奶，奶奶的病情急转直下，一天不如一天，经事的大人们一看奶奶的气色很差，到了弥留之际，忙去寺庙请来枕边上师，为奶奶做临终关慰。奶奶病倒后的第十天，太阳跌落山背后的那一瞬间，奶奶咽下了最后一口气。"

卓玛讲到这儿，两行清泪垂直掉落到嘴角，她轻轻地拭去泪水，痛苦地闭了一会儿双眼，努力克制激动的情绪，把对奶奶所有的思念就在闭眼间咽进了肚子深处，不无懊悔地说："高原的女人如奶奶般善良无私，却不懂得爱惜自己，一味地付出，对自己太严苛，甚至到了无视自己的地步，沉重的劳作，透支了自己的身体，用麻痹自己的身体对付疼痛，以至于最后酿成肺气肿、肝病、高血压、关节炎。如果当初我早些学到健康保健的常识，也许奶奶还能陪我三姐妹走的路远一些，这也是我后来当志愿者，走户进帐宣传健康卫生常识的动力。可惜啊！多年来奶奶死撑着，这次倒下，一个家轰然倒塌。她临终时抱着我的头，留下遗言：'好好照顾两个妹妹，你们三个给我好好地活着。'"卓玛讲到这里，两眼噙满泪花，哽咽到不能自持，梅梅和央金互看了一眼，感到不安，仿佛她们俩是引起卓玛悲伤的导火线，不知所措。卓玛拭去滚落在腮边的清泪说："我至今忘不了奶奶离世的那个黄昏时刻，我的世界仿佛一下坠入了黑暗中。"卓玛边说边进入了哀思，她的眼神凄迷游离，央金看了一眼梅梅，梅梅马上拍拍卓玛的背安慰道："你不必自责，马无角，人无先见之明，况且你当时还是个未成年人，好在奶奶病倒后没有受到病痛生不如死的长时间折磨，也算是奶奶的好福报。"

卓玛拭去眼泪，感慨道："奶奶就如家里那口炉灶，带给我们三姐妹人间亲情的温暖；奶奶勤劳的双手，带给我们衣食无忧的幸福时光；奶奶坚实有力量的双臂，撑起了遮风挡雨的一个家。现在想想，我的奶奶是全世界独一无二的奶奶，就如光芒四射的温暖太阳，带给我生活的光亮，让我的内心世界富足。有奶奶的呵护，我在这个世上觉得什么也不缺，不缺亲情，不缺父爱，不缺母爱，没有隔辈代沟，因为我的奶奶凭借一己之身、一己之力，做到了多个角色，她承担了父亲应承担的责任，为一家之主，她是母亲，抚育我三姐妹长大，她是超越奶奶级别的度母，仁慈，大爱。就在奶奶咽下最后一口气之时，西山的太阳收尽最后的光翼跌落下去时，我心中的太阳也落下，屋子里一下失去温度，我的整个世界变得黯淡，心冰凉到透顶，临终关慰的上师连忙来开导抚慰我们三姐妹，这时候我的情感世界里，一条悲伤的河流在宣泄奔流，本来在亲人离世后不该哭出惊扰亡灵的声音，可我们三姐妹，悲痛赛过信仰的矜持，除了用哭声宣泄情绪，已经无法排解，惹得左邻右舍的人们一把鼻涕一把泪地陪我们三姐妹一起蹚过悲伤的河流。"

听着卓玛的讲述，梅梅、央金本来为勾起卓玛伤心感到自责，听着听着慢慢平复释怀，两人被卓玛的语言带入了同样的悲伤河流，一起流淌，一起抹泪。

"从此以后，奶奶的三个孙女，真正体悟到了什么是家庭温暖、什么是有奶奶的日子、什么是衣食无忧、什么是快乐幸福的生活，体验到什么是无依无靠的孤儿生活，没有父爱母爱更没有奶奶的呵护的生活。曾经我们三姐妹，只有一位年迈的奶奶，却什么也不缺，拥有世间的一切。母亲不负责任地离家出走，我和大妹没有感觉，甚至没有感觉到家里少了人，因为奶奶在。父亲出尔反尔，来了又走了，我们三姐妹心里有些失望，有些依恋，还有些希望，希望父亲能回归家庭，我们和奶奶一起抱着希望等待。后妈死了，心里有些许难过，难过几天，时间告诉我们，我们有奶奶。可是随着奶奶的离世，我们之前的缺失，成倍地降临在我们的生活中，奶奶的离去，三个孤女的天塌下来了，我们的心灵世界一下成了空的，那种彻骨的寒冷，从外界到内心……"

卓玛如泣如诉地在讲失去奶奶的伤痛。

看来，卓玛就是她们奶奶的再版，十七岁的卓玛，担起了三姐妹的家。奶奶留给卓玛的是无形的力量，仿佛奶奶的双手从背后推着卓玛站起来，向阳而生，逼她直面困难。奶奶是内心强大自信的女人，遭受了人生中的不幸，但仍然笑脸相迎，受到过恶人的伤害，看见过世间的丑恶，仍然付出善意，活得通透，不伪善贪婪，实诚无心机，对人温和有力量，谦卑而不奉迎，靠自己的能力和见识，抚养三个孙女，在乡镇方圆闯出了一片属于自己的天地。还有奶奶的独立和不拘束自己的处世之道，引领着卓玛的人生方向。

央金的眼里闪着泪光，一下拍在卓玛的肩头："我发现你特会煽情。"她掩饰自己情感的脆弱。卓玛继续讲:"奶奶的善良,让她生前结下好人缘,大家伸出了援助之手,乡政府也救济了我们三个姐妹。有的亲戚听到奶奶去世后,把二妹三妹分别收养。我一个人在小屋里,更加孤独,觉得很是对不住奶奶,没有照顾好两个妹妹。思念如冻结的草皮,僵硬连成一片,昔日的快乐时光密密麻麻填充在脑海里,奶奶、妹妹们的音容笑貌,一幕一幕在眼前闪现,耳边响起了奶奶的临终遗言'照顾好两个妹妹',如耳边响起的炸雷提示我,不能让两个妹妹过寄人篱下的生活。分别三个月后,我毅然决然地做了一个决定:遵照奶奶的遗言,照顾好两个妹妹,去亲戚家,把两个妹妹接回来。亲戚们出于好心,用揉羔皮的方法七分揉三分抻直来,抻直来劝解讲道理,三分承诺爱心,磨破了嘴皮,可我决心已定,义无反顾地把俩妹妹领回来了,回到了有三姐妹的'家',回到小屋后,我们三个像历经磨难绝境逢生的亲人,喜极而泣,抱在一起撕心裂肺地大哭,哭完后,我向两个妹妹立誓保证,今后无论发生什么事,遇到什么困难,再也不分离,有难同当,有福共享,一起抱团取暖,兑现奶奶的临终遗言——'好好地活下去'。"

卓玛开始走奶奶的生存路线,践行着奶奶的套路,帮工,打短工,像奶奶当初抚养她们一样。好在时代不同了,社会公益服务不断完善,惠及了卓玛三姐妹,她付出的努力不及奶奶,可少了奶奶的艰辛,收效大于奶奶,所以说她比奶奶幸运。乡政府送卓玛到一所慈善机构去培训,二妹开了一爿小卖部,三妹继续上学。

卓玛在培训学校学到了很多东西,接触到了公共健康卫生知识,学习藏文、藏医。一起去的姐妹七八人,卓玛凭着好学与勤奋努力，得到了老师们更多的帮助，给她开"小灶"，额外地"加餐"，两年后卓玛脱颖而出，成为优秀的培训学员。

培训学习结业后，姐妹们凑在一起，快乐得如小鸟，叽叽喳喳没完没了，抱着利众之心，想为社区做点有益的事，姐妹们不约而同地想到了一起。考虑到牧区妇女缺少卫生健康常识和生理健康的知识，一个女人不到四十岁，已经是各种疾病缠身，不懂善待自己的身体，从事各种繁重的体力活，透支身体；不懂饮食营养的平衡，高蛋白、高脂肪的摄入，致使牧区女性在步入中年后，患有各种常见的疾病，有妇科病，风湿关节炎，血压、肝胆疾病，胃肠疾病等。她们学到有关知识后，心疼身边的这些女人们，于是毫无疑义地选择做社区服务志愿者，向女性们宣传卫生、健康的常识。没想到，她们学到的有关常识，如此适合传达给帐篷的女人们，牧区的女人们，太缺乏这些保健、预防的常识。姐妹们自信满满，可别说，经过两年多的头脑武装，她们有一种多识的优越感，同时多了一份责任感，急于把学到的常识传达出去。她们自己筹资，买了宣传品和宣传资料，串村进帐，向母亲们宣传生理卫生健康及预防疾病的常识。也许是身边熟人熟门的邻里关系，女人们乐意接受，非常认可她们的宣传。姐妹们更加卖力，扩大了宣传的范围，可是，她们的付出仅凭热情、责任感还不够，还需要资金的支撑，前期姐妹们自掏腰包热情爆棚，等到宣传资金殆尽，没有收入的姑娘们陷入了困境。而受益的女人们的热情却被提起来了，很喜欢她们的宣传，姐妹们左右为难，放弃吧，心有不甘，继续做下去吧，两手空空。有个成员说："市场经济下，没钱寸步难行，城市里上厕所也得交钱，我们有利众之心，没有利众之钱啊！"大家七嘴八舌，你一言我一语，都没有实际的办法。

这时一直听姐妹们说的卓玛提出："我们何不以做生意获利的钱来支撑我们的公益行动呢？大家都是四肢健全的健康人，有时间有精力，咱们抱团取暖，合伙做生意，既能解决我们的生存问题，又能继续做我们的公益活动。"姐妹们顿觉眼前一亮，豁然开悟，都说"可以的，这个点子好"，又抛出了下一个问题："做什么样的生意呢？"

学裁缝的提出开服装店，爱美的姑娘提出开护肤品店，大多数认可开食品店。卓玛有独到的见解，她说："我提议合伙开一个售卖农畜品的店，包括食品和用品，因为我们熟悉这些，了解市场，售卖销售信息好掌握，酥油、风干肉、蕨麻、奶渣、糌粑、奶子、酸奶，这些都需要去下面收购，我们赚差价。"姐妹们又是眼前一亮，一致赞同卓玛的提议，大家说干就干，毫不含糊。有的开来了家里的面包车，作为交通工具，有的去租赁房子，有的去牧户家收奶子、酸奶……姐妹们生意做了两年，卓玛合理分配了利润，有利可图，有事可做，资金有周转，获益后她们做着公益活动，不忘初心去乡下宣传健康知识与卫生常识。可是，花无百日红，俗话说女大不中留，姐妹们走到了选择人生的十字路口，各有各的想法，各有各的选择去路，爱心公益团队，最后散伙各奔前程去了，有的做母亲了，等待新生命的降临，有的结婚出嫁，有的受到城市繁华的诱惑，去追逐向往的生活，有的去打工养家糊口，有的有了中意的人，去过二人世界了，剩下来的几个姑娘蠢蠢欲动，已经心不在焉，不足为团队。卓玛说：

"感觉忽然一阵风吹来，吹散了我们的羊群，稳稳扎住的帐篷，柱子倒了，帐篷轰然倒塌，我不得不重新做出人生的选择。"

姐妹们散伙后，卓玛在家无所事事，心情沉闷，理不出个头绪，看着二妹替她焦灼的神情，看着年幼懵懂还在上小学的三妹，她扪心自问，该怎么抚养两个妹妹呢？一再告诫自己，不能消沉下去，她不仅是两个妹妹的精神依托，还是她们的衣食父母，表面上装出一副大人的样子，可是难掩眼前的困境。一天，卓玛去寺庙给奶奶上香，一路上，回想起奶奶曾经领着她去别人家帮工的情景，想起奶奶的教导，心底一股温暖的力量升起，耳边想起了奶奶的口头禅："只要四肢健全勤快能干，世上饿不死人，天不会堵死一个手脚勤快、内心善良人的生存之路。"再看看身边充满生机、绿油油的大草原，赏心悦目的烂漫山花，远望白云生处袅袅升起的炊烟，脚下和鸣的清澈溪水，还有头顶欢快的云雀，卓玛没有理由消沉。

路过一家帐篷时，看见这家壮硕的主妇，端着一大锅达拉水，毫不吝啬地迎着山风，使足全身的劲儿，干脆利落地向空中泼洒，达拉水像一块平铺的丝滑白绸缎，任意被风塑造，它卷曲、断裂、飘动，刹那间"哗、哗"地磁石般落在地面上。卓玛替这些被泼弃的达拉水可惜，在别人眼里这些是废物，在奶奶的巧手妙心里，变废为宝，同时，她打了一个激灵马上顿悟，难道是奶奶的魂灵来引导自己该做什么吗？一下得到了启发，卓玛站住，面向寺庙的方向，双手合十默默地念着度母经，向奶奶祷告：奶奶，我知道了，摆脱困境的出路您生前已经指明了方向。

卓玛得到了奶奶的引导，找到了生存的手段、为之努力的方向，那就是做曲克安哒。

回到家，她发动二妹，每天早晨，带上塑料桶、铁桶之类的容器，去帐篷与主妇索要，没有一个主妇拒绝卓玛姐妹的乞求，答应得爽快，反正要倒掉，不如送个人情，乐意白送，卓玛姐妹俩每天都是满载而归。

随着达拉水的增多，卓玛发现仅仅付出劳力是不够的，除主原料无本，其他都需要资金注入，要燃料牛粪，要运输工具，最主要的是要有销售，把付出变成现金，才是找到了真正的出路。做好的产品曲克安哒不能变现，等于一切的努力归于零，劳力的付出就是白费劲。卓玛把眼光投向了比家门口更有市场的大地方，她背起自己的曲克安哒，去寻求销路。

到了大地方的市场上，她摆了一个摊位，摆上曲克安哒糖叫卖。大地方的人们很吃惊，多年来生活中已消失的曲克安哒出现了。卓玛是试销，大方地送给人们品尝，有的客人说看到曲克安哒，激起了童年的记忆；有的人说吃到了小时候妈妈的味道。顾客的心理挺有趣的，白尝，不尝白不尝，白给，不拿白不拿，可没人愿意掏钱买曲克安哒。她看着白吃白拿的人，心里直打鼓，难道在奶奶心里神圣的曲克安哒，在别人眼中卑微得如乞丐一般，感觉白尝是瞧得起你，给了很大的面子。难道我的曲克安哒登不了大雅之堂？可入口的人们贪婪地吮吸得有滋有味，到底是什么原因，使人们有不可理解的心态，她想，一定是某个环节出现了问题。第一次试销的两万枚曲克安哒棒棒糖，如羊妈妈领着羊羔投奔到对面羊群里，连本带息亏大了。但是她没有气馁，没有放弃，知难而上，在自己身上找原因。

第二次拿去售卖，卓玛心里七上八下，估摸着半送半卖也能回来些钱，没想到结果比第一次更惨，直接被工商局没收了曲克安哒，更让她崩溃的是还得无条件接受罚款。卓玛说："血本无归，这叫赶走了牛犊牵走了奶牛，让我的心凉透了。好在工商管理人员看我是乡下来的，确实不懂得市场管理条例，念我是不懂初犯，不是那种钻空子的老油条，教育了我一番，我的心里好受多了，损失让我长知识，贴钱换经验教训。"

卓玛知道了工商许可证，懂得了服从市场管理应该遵守的条条框框，同时明白了不懂市场趋势、销售技能，不懂产品包装，不懂食品法，不懂产品成分、卫生达标等，入口的食品不能随意拿到市场售卖。卓玛说："真没想到，我费心费力制作的曲克安哒，想拿到市场上卖出去没那么简单，最让我吃亏的是没有上过学，不识汉文，我得付出别人十倍的努力去学，去了解。"

有的亲戚朋友们劝卓玛放弃做曲克安哒，他们为卓玛规划了"蓝图"，做其他产品的代销，或开小卖部，或学缝纫开缝制藏袍的裁缝店来维持姐妹仨的生计。可卓玛笃定地说："我相信已经传承了几千年的古老的曲克安哒，被岁月加持过，被轮回的奶奶、阿妈们精心呵护的曲克安哒，能给我带来一条生路，奶奶给我传授的曲克安哒制作秘方，不能断送在我手里，我要接着奶奶的手艺传承下去，奶奶曾经说过，曲克安哒是让我有不同于别人的谋生手段，相信奶奶的在天之灵护佑我，她的话会应验的。"

不吃苦中苦，怎么尝到甘甜；不走陡峭的山路，怎么体会到下山的酣畅。曲克安哒制作的路上，卓玛一次次跌倒，一次次爬起来，碰到了各种困厄。主妇们听说卓玛把要去的达拉水变废为宝，做成曲克安哒拿到市场上去卖钱了，先不管三七二十一，卓玛的付出是否得不偿失，听到去卖钱了，心理不平衡，于是态度发生了河角拐弯的变化，一个回溯漩涡里转不出来，卓玛的辩解顺流直下，主妇们不再提供免费的达拉水，她们像提前统一了口径，一口回绝："你捞到好处，得到实惠，让我们白白付出。"她们说："不拿钱来买，宁愿泼弃成为草皮的肥料，也不再为你免费提供。"言下之意就是她们也要实惠，拿钱来买。

卓玛懂得天下没有免费午餐的道理，为了奶奶留下来的手艺——曲克安哒不至于断送在她的手里，卓玛咬紧牙关，像一头倔强的骑牛，牵着鼻子不掉向，按她的想法和固执己见的做法，与市场、主妇们，押上曲克安哒，较上了劲儿，来回拧巴角力。有的亲戚心疼地说："奶奶巴忠教出来的孙女，劝住她比攥住水头还难。"

二妹见姐姐愁眉不展，为没有收购达拉水的钱发愁，她站出来说："姐姐，我们是吐蕃王后卓·赤玛碌的后嗣、巴忠奶奶的孙女，不能消沉下去，我出去打工，给你挣来回收达拉水的钱。"

"傻妹妹，你没有上过学，没文化，去工地背水泥沙袋吗？就你这个身子骨，水泥沙袋背你还差不多，繁重的体力活，姐姐不会让你去。"

"姐姐，我知道干不了背沙子包、扛水泥袋的重体力活儿，可以干别的。"

卓玛满脸疑惑，瞪大眼睛问："开小卖部吗？"她马上自问自答："小卖部都换了达拉水，再开小卖部没有本钱。你出去挣啥钱？"

二妹坚定地说："是啊！发挥我的特长，姐姐，我的嗓子就是我的资本，奶奶说我是草原上的百灵鸟，唱出的山歌从这山头传到那山头，骑马的过客下马听，牛羊都抬起吃草的头，风把我的歌声带到山那边，牧人们都知道，巴忠奶奶的二孙女，有一副唱山歌的好嗓子。"

"是啊，记得奶奶夸过你的嗓子是央金玛（妙音天女，掌管艺术、音乐的女神）加持过的，可是嗓子好，面对大山，面对大草原，吼两嗓子没问题，那是你唱给大山草原的山歌，登台演出你行吗？要会唱流行歌，你不懂音乐知识，我看，此路行不通啊！"

"邻居家的姐姐不是在民间歌舞团唱歌挣钱吗？她愿意带我去。她说像我们这种没有加工过的唱法叫原生态歌曲、原生态唱法，在城里受到人们的喜爱，他们的歌舞团叫民间原生态歌舞团。"卓玛考虑来考虑去，觉得一个姑娘抛头露面不妥，她说了自己的担忧，二妹说："姐姐，现在是啥年代了，乡领导鼓励我们走出去，唱歌也是乡村文化建设的内容，再说我们唱的传统民歌，很受欢迎，有些山歌的唱腔还被列为非物质文化传承项目，受到国家的保护。"

"好吧，由乡里人组织团队，我的担心是多余的。"

二妹说到做到，不定期给卓玛挣回来了回收达拉水的资金，用钱来收购达拉水，达拉水的供求矛盾总算解决了。主妇们看到废水达拉，能让她们坐在家门口挣到钱，反而积极起来，态度变成了转出漩涡的水流，顺流而下。卓玛发现钱这东西，有时候有鬼使神差的作用，二妹辛苦赚回来的钱，才使曲克安哒制作资金没有断链。随着制作规模的加大，加工原料达拉水需求量增加，卓玛要去更远的地方收购达拉水，凑了几千块钱买了一辆二手破旧的面包车，司机自然是卓玛自己。她没有经过正规的驾驶训练，也没有基本的驾驶知识，别人告诉她启动、方向盘、油门、倒车的要诀，她就跳上车歪歪扭扭地开车。大草原畅通无阻，没几天工夫，卓玛就像老司机一样熟练地驾驶着面包车在大草原上疯跑，人们迷信地说："不愧是巴忠的孙女，无师自通，她奶奶神授于她。"

卓玛有了交通工具，跑遍近处跑远处，开着面包车到更偏远的村子去收购达拉水。她戴着一副太阳镜，穿一身男装工作服，牧民们没有见过如此拉风像男人开车的女司机，引起一片哗然。有人大胆猜想说，卓玛是借收达拉水作掩护，来偷小孩的人贩子。一时谣言四起，引起了母亲们的恐慌和警觉，看见卓玛的面包车从远处驶来，就抱着小孩钻进帐篷，嘴里不断念叨："偷小孩的女鬼来了！"等到后来真相大白，他们有两件事想不明白：一是达拉水是废水，用来熬制奶渣，费时费力，再熬制曲克安哒，更是耗时费力费工夫，浪费大量燃料，不划算，人们形象地说乌云在天边遮半天，飘到头顶一方草皮大，落下雨点人眼泪般大，代价太大，这就是达拉水被主妇们泼弃的原因。二是现在吃的糖果种类繁多，包装琳琅满目，口感五花八门，甜的、酸的、咸的，薄荷味、水蜜桃味，牛奶糖系列、水果糖系列、巧克力系列、咖啡糖系列，应有尽有，这年头，用曲克安哒做糖，拿着熟肉塞狗嘴里——多此一举，谁稀罕呢？卓玛心里清楚，恰恰是稀有，正是她的卖点，是她为之努力奋斗的方向。

还有，衣服穿成男人样，戴副太阳镜，开车本是男人的专利，女人早早嫁人，让自己的男人开车才合理，这开车的女人，该有多凶悍，多不合时宜。不过，看在能挣钱的分儿上，主妇们看卓玛的眼神异样，看钱的眼神一致地相同。卓玛心想，每个人都有自己的活法和处境，谁也不能代替别人活着，即使是奶奶养大的孙女，也有不同于奶奶的活法和境遇。卓玛把生人变成了熟人，把新路变成了老路，不知疲倦地奔波在路途中。

国家给牧民每家每户修建了八十平方米的四配套房子，卓玛姐妹算有了像样的房子，家更像家，整洁，温馨。心灵手巧的卓玛，把这套八十平方米的房子，合理利用，布置成了配套设施齐全的小作坊。大玻璃窗户，使屋子变得敞亮，有家的温暖气息，有作坊井然有序的做工氛围。场地大了，卓玛找了几个帮工的人手，当然是付报酬的。居住环境改变，做工条件改善，看着眼前的大变化，她更加有信心。

姐妹三个想到了过世的奶奶，三妹说："假如奶奶还活着，搬进新房子住，她该多高兴。"说着已经是哭腔了。

二妹接上三妹的话说："遗憾的是奶奶为我们姐妹操劳一生，没有享上一天清福，看到今天的生活，更加怀念恩情比天高的奶奶。"

"正因为奶奶的劳累辛苦付出，才有了我们今天的生活环境，这是奶奶给予我们的生活。"卓玛说着把三妹的头揽在怀里安慰，"好好上学，就是对奶奶的最好报恩。"

这时的卓玛也到了谈婚论嫁的年龄，不乏追求者，两位妹妹怕失去姐姐，失去这个温馨的家，非常排斥，尤其是三妹，产生了焦虑情绪，绝不让任何异性靠近卓玛，她像任性的护主的小藏綮，不分青红皂白，不问原因，对靠近姐姐们的男人，她怒目相对，驱赶拒之门外，同时监督两位姐姐跟男性接触。以至于男性有事相商，都要瞅准三妹上学的空当。

卓玛忍让迁就三妹，二妹说："大姐，你这样纵容会把三妹惯坏的。"卓玛却说："我们应该理解三妹的心思，她怕自己被遗弃，已经是孤儿，再失去姐姐们，她真就成了一条鱼，无亲无故，无家无依靠。"为了不伤害到小妹脆弱的心理，为了给她一个温暖的家，为了证明三姐妹相依为命，两位姐姐关闭了情感之门，把追求者关在了心门之外。三姐妹对男人的态度都是冷面冰心，拒之千里之外。人们戏称三姐妹是"冰雪姐妹"。

卓玛平静的有韧性、有耐力地做着她的曲克安哒，也能勉强维持生计，收支平衡，养活自己，支付工钱，一直不温不火。

有一年，卓玛的曲克安哒有了转机，缘于本地区举办了第一届旅游产品展销会。卓玛拿着她的曲克安哒棒棒糖参赛，在毫无预兆的情况下，局势出现反转，竟然荣获第一名，奖金两万元，这次奖励，给卓玛带来了无尽的信心，铸就了她以曲克安哒为创业目标和奋斗方向的坚定决心，这次的获奖，是卓玛生活的一个新起点，迎来了她开挂的人生，往后的日了她越走越顺。

不是吗？好事排着队跟进，在举办的第二届旅游产品展览会上，卓玛斩获了一项特等奖和一项一等奖。自此以后，卓玛时来运转，事业节节攀升，在青年创业者中声名鹊起，受到各级政府的扶持，屡屡进入各种项目申报之列，培训学习的机会多了起来，这些培训学习的机会，使这个生活在僻远大山的牧家女得到提升，眼界开阔，见识增长。

卓玛把这一切荣誉、成功归结于过世奶奶的培养。她说："奶奶的临终遗言是她向往美好生活的动力，奶奶手把手的传授和对我们三姐妹的精心养育，是教会我们生存的技能，没有奶奶的慈爱呵护，哪有我们三姐妹的今天？当然这些机遇，还应该感谢我所处的伟大时代，感谢党的好领导、政府的好政策，感谢乡村振兴的国策，感谢政府给我们创业者搭建了许多坚实有效的平台，鼓励我们牧民脱贫致富。起初，做曲克安哒，是为了解决我们三姐妹的生存问题，随着曲克安哒逐步走向市场，我的认知提升了，想法也变了，把曲克安哒当做终生的事业来做，如果有了成效，去回报社会。"

梅梅与央金听到这儿，互相交换了眼神，不是认为卓玛在她们俩面前卖弄喊熟悉的高大上政治口号，而是两人佩服卓玛的发自内心的感恩和对现实的认知水平，卓玛没有必要在只有她们三个人的私密场合讲政治感恩，是她对自己命运的转机珍惜和对现实生活变化的认知，对于她孤儿寡奶经历的深切感悟，卓玛深深地吸了口气，感触颇深，情绪激动，此时，她有对奶奶的思念，有对生活艰难的感触，有对好心人的感激，使她的语气变得断断续续，用带着颤音尾巴的话语表达内心的情感。梅梅看着眼前这个情感饱满、笃实真诚的卓玛，心里想，一个牧羊女有如此豁达的处世态度和格局，透过她，似乎看见了站立在她背后的奶奶，一定是她的大山，为她支撑起了一片天地。

一个原本目不识丁的牧羊姑娘，懂得感谢小恩深沉的亲情，懂得感恩大恩国家恩。对奶奶的感恩，出于对亲情的本能，感恩时代、党和政府，出于一种大爱——家国情怀。让受过高等教育的两个书呆子自愧不如，识时务的真俊杰是眼前的牧羊女——卓玛，对她俩的高学历简直是一种垂直打击，她俩才交换了五体投地的佩服眼神。对于高高在上、优越感很强的人，迟钝于感恩伟大的时代、党和政府，而来自基层的呼声才是时代的呼声，来自民众的认知才是真切的认知。她不是唱高调喊口号，而是发自内心地感恩，她的境界不因学识、修行、专业、地位、政治素养而改变，而是从她的亲身经历和体悟得来的。

卓玛说到动情处，擦拭着脸上的泪水，梅梅从她的叙述中，看到了一个坚强、自律、独立、有主见的新时代的牧羊女形象，同时仿佛看到了她背后站着的奶奶巴忠。梅梅急于知道在卓玛眼里，该怎么评价奶奶，便向卓玛提要求："奶奶的故事讲了，你认为奶奶到底是一位什么样的奶奶呢？"

卓玛沉思了一小会儿，眼神游离，仿佛进入了奶奶的世界，然后深情地说："我的奶奶，与千千万万个普通的奶奶一样，可又在千千万万个普通奶奶中是极不普通的奶奶。首先她的坚强是其他奶奶无可比拟的，当她在花季遭受摧残后，她倔强地选择自己的另类人生，把所有的爱投入了家庭、亲人身上，奉养父母，养老送终，抚养儿了，把爱全给了她周围的世界，把世界全给了她爱的人，而她的苦难经历和孤寂的心谁又能体会？风霜刻在了她的脸上，悲苦埋在她的心底，操劳换得一身病痛，岁月消磨了她美丽的容颜，而她的爱是宽广的、无声的、深沉的。我的奶奶是女人堆里的男人、男人中的女神。奶奶一个女人，凭借着柔弱的肩膀，挑起了一家人的生活重担，支撑起了我们四代人的家、四代人的天，这样的奶奶少有。还有奶奶的生存处世智慧、奶奶的通达、奶奶的胸怀，不是一般女人所有的。"卓玛正讲得进入状态时，手机响了，铃声如一把刺耳的锯条，锯断了三个人的思绪，一个男人的车停在甜茶馆门口，卓玛有点不好意思，梅梅和央金互看了一眼，觉得这个男人的出现，有点让听故事的她们俩败兴。可央金立马出来打圆场敦促卓玛："快去！"

卓玛红着脸，直言不讳地说："今天就讲到这儿，不好意思，等有机会，我接着讲，这是未来与我共度人生的人，今晚有重要事商量。"

夜幕降临，从窗户望出去，华灯初上，朦胧温情的氛围，似有沉醉撩人的情愫发生。央金爽言快语地说："快去，把握好，是好男人不能放过啊！是渣男马上逃离，回头是岸！"卓玛含笑只顾"嗯、嗯"地应答。在梅梅和央金的催促下，卓玛拿起背包娇羞地走了，留给她俩一个轻悠的背影。

梅梅感慨道："老阿妈、巴忠、卓玛，她们几代人，上溯千年，你中有我，我中有你，才把曲克安哒传承至今，曲克安哒历史的传承，传承的历史，就是阿妈、巴忠、卓玛这些牧家的女人们的历史。"

央金嘟嘟嘴，称赞梅梅："I 服了 you，出口皆是文章。"

梅梅绕开央金的赞美，若有所思地说："今天的收获不小，你猜猜，我听出了什么？"

"啊呀！你就别文绉绉地卖关子了，明知道我愚笨，性子急，没有耐心，直接说答案。"

"央金，你每次说话都是凡尔赛的套路，你可不愚笨，我觉得你是鹞鹰（藏俗认为鹞鹰是最机敏的鸟类）。"

"真猜不到，我可不是你肚子里的蛔虫，就喜欢听你脑子急转弯那种出其不意、攻其不备的答案。"

梅梅一脸的肌肉紧绷，眼光变得有神："我曾做过有关苏毗女儿国的梦，当然都是我看了资料以后思考得太多，做梦梦见敌方把苏毗人叫大花脸苏毗人，这个历史事件之前我已经讲给你听了。强暴巴忠的那个盗马贼，临走时骂了巴忠什么来？"

央金略加深思说："一张涂抹牛稀屎的肮脏的大花脸。"梅梅以光速的联想，想到了两者之间的隐秘联系，两手猛一击掌说："对了，大花脸，难道是历史真相、虚幻的梦境和现实故事的巧合？"

央金瞪起了一双惊喜的眼睛，脸憋得通红，突然醒悟："这么说苏毗女儿国时代人们就用曲克安哒护肤防晒。"

梅梅神秘地指着窗外空旷、黑幽幽的天空："那句网络流行语怎么说的呢？——空中飘……对！空中飘来几个字——大花脸——曲克安哒——我找到了曲克安哒的原版持有人应该是苏毗人，吐蕃人只是曲克安哒的翻版人，唐朝贵妇宫女是曲克安哒的升级改版人，曲克安哒流传至今成为非遗，卓玛家三代女人们以及往前推演到遥远的苏毗女王时代，都是一代代的传承复制曲克安哒，到了卓玛手里，利用当今的高科技手段，曲克安哒的护肤功效得以突飞猛进的提升，可以说卓玛的时代，曲克安哒进入了升级改版的时代。"

央金看着梅梅愣神，然后满脸疑惑："哇！你这人语出雷人，何以见得？"梅梅接着说："当然，要拿出证据来，这两个亦真亦幻的大花脸重合也许是巧合，不能作为实证下结论说曲克安哒的原版持有人是苏毗人，不过随着制作工艺技术的推进，空中飘来几个字：卓玛将是把曲克安哒推向高端升级版的持有人。我是梦游灵犀一点通，你是心有灵犀一点通，我要收集资料来证明，苏毗人也许是曲克安哒的原创者。"

"梅梅，加油！我相信你能破解曲克安哒的历史之谜，给我们带来耳目一新的重大发现。"

灯光下，梅梅的脸上又浮现出小缺心的表情，她告诉央金："今天还有另一种收获，一种难以言表的体悟，奶奶临终遗言让三姐妹好好地活着，是一句朴素的遗嘱，却蕴含着人类最基本的自尊和最切实的勇气。奶奶的愿望和她自己一生做出的生活努力，阐释了人性之美，人，或特指女性，就应该活出该有的样子，老阿妈、奶奶、卓玛她们三代人做到了。"

"佩服，高见，你总能听出弦外之音，我只是听到了皮毛，你却透过皮毛看到了皮板的纹理。"央金自嘲地"嘿嘿"笑。

"这叫透过现象看本质。"

央金又拍手叫绝："点睛之句。"

"我的导师也给我交代了任务，有关苏毗女儿国是否在家乡的问题。央金，你平时也给我留意这方面的资料，甚至是道听途说的。"

"走吧，我请你去撸串，喝点扎啤。"

梅梅对今天与卓玛的碰面，感到庆幸，卓玛讲述的曲克安哒故事，给了她内心一种高原女性坚韧、豁达、善良的力量，特别是从阿妈、巴忠、卓玛三代人身上，她看到了曲克安哒的前生今世。

央金抿了抿嘴，鼓起勇气真心实意地问："梅梅，你说的历史问题，可是无根无据的历史，深不见底，不可捉摸，漫无边际，望断天涯路没有尽头，这么大的盘你能接住？"

梅梅咧了咧嘴后，嘴角轻微地露出昂扬的金盏花般的轻笑，"小故事即大历史也，大历史则小故事也，小风俗即大历史，大历史即小风俗，俗中见雅，雅中见俗，大花脸俗雅共存，从中发现虎踪猫迹，1995 年那场中日联合在新疆雅尼遗址考古，揭开了苏毗女儿国和精绝国之间的秘密。民间传统的护肤品曲克安哒延续了一千多年，你可以把曲克安哒涂脸防晒防护看作一种民俗事项，表面看来，就是一种传统习俗，可当究其根底，脱离不开背后的历史渊源，因此我认为民俗里蕴含着历史，历史的遗存附着在民俗事项里，所以路途消息里的蛛丝马迹不要放过，帮我收集噢。"

央金撇了撇嘴，眼睛却放出了惊异的光："言之有理，为你点赞！你打算怎么下手？"央金连忙用手指轻捂了一下嘴："对不起！口误，我是问你从哪儿入手？"

梅梅一脸正经八百地说："我不是已经给你交代过任务吗？"

"记着呢，你交代的岂敢忘记，不放过任何获取资料的渠道，甚至是小道消息，道听途说，就是你提到的路途消息。"

"还是以搜集资料为主，但也要发挥想象力，描绘一个遥远的童话历史，苏毗女儿国与曲克安哒有千丝万缕的关联，猜想冥冥之中它们之间存在着一种超凡的联系，只是在历史闪过的刀光剑影中，来去如风，你我就做一个追风人吧，看它起风的那一头和风头停息的那一头，有过一个什么样的历程。"

梅梅与央金私下谈论起巴忠奶奶、孙女卓玛与曲克安哒的关联时，她们俩达成共识：一个家庭或一个家族的正能量，不在于殷实，不在于穷困，不在于富贵，不在于贫贱，而是对下一辈竭尽所能的托举。央金列举："我家有一房远亲，父母是纯粹的牧民加文盲，却培养了三个理科大学生，社会上这类新闻比比皆是。"

"著名的国际刑侦专家李昌钰博士，年幼丧父，孤儿寡母，家境贫寒，兄弟姐妹十三人，作为家庭主妇，文化水平不高的母亲，硬生生地培养了十三位博士。"

央金直发感慨："哇！伟大的母亲！"

"你赞美李昌钰博士的妈妈，我要为翻身农奴巴忠奶奶把赞歌唱，伟大的奶奶！"

梅梅认为巴忠奶奶很了不起："巴忠奶奶的做法，使我想起了这几年出现的一种育儿观念，女孩要富养。巴忠奶奶从三个方面做到了对孙女们的富养。在物质上尽她的财力上限，为她们创造'优渥'的生活，使孙女们以后不被物质所支配诱惑。在精神情感方面，从点滴的生活中，熏陶她们的情感世界，用她广博的爱填充孩子们情感世界的缺位，有漏洞，她用不同角色弥补，让孩子的内心变得富足，因而卓玛说她们对缺失的父爱母爱没有感觉，从现在姐妹三个人的婚恋、家庭、人际关系看，奶奶给她们打造了一生丰厚的财富，那就是富足的内心。奶奶正能量的引导，是她们价值、是非观的靶向，过滤负能量。从这三方面看，奶奶用'心中无缺即为富，言传身教即为养'，富养了姐妹三个，高明、智慧的奶奶，有一肚子的抚养女儿的干货。"

"梅梅，你设想一下，假如卓玛接受高等教育，加上奶奶的富养，她的前景是什么样的？"

"如虎添翼，一飞冲天，前提是与曲克安哒双飞，可能是一个顶级企业家、业界大咖。如果与曲克安哒不沾边，受过高等教育的卓玛，是个学霸、人生的赢家，毕竟身后有强大的巴忠奶奶作背景。过着没有波澜的安稳生活，跟我们一样，坐办公室。没有如今逆袭的精彩人生，没有创业者的成功，谁知道呢？我觉得目前的状态，是上天的安排，此乃天意也。"

"我们俩属于画蛇添足的好事者，说多了都是荒唐言。"央金耸耸肩自嘲。

梅梅自此后，凡是与本地有关的历史，有关苏毗女儿国的资料，她如一个贪吃蛇，每每张口接招，不放过一丁点的信息。从收集的历史资料和当地的民风民俗来接判断内在的联系，梅梅定位历史上的苏毗女儿存在之地，就在家乡的这块土地上。随着资料的积累，种种迹象做铺垫，梅梅脑子里勾勒出苏毗女儿国与曲克安哒的故事脉络。

有一天，梅梅看到了一则有说服力的历史记载，资料上提到《隋书·西域传》中有这样一段记录：苏毗人"其风俗男女皆以彩色涂面，人皆披面……"。隋文帝开皇六年（586 年），苏毗已经遣使向隋朝进贡，那时的吐蕃政权还没走出峡谷来到地势开阔的逻些（今拉萨），正在与高山的象雄政权角逐喜马拉雅区域的统治权，而苏毗已经是一个强国雄霸青藏高原。法国汉学家伯希认为，苏毗是一个国家的名称，同时也是一个民族的名称，隋朝开始与中原保持着密切的交往。

　　不经意看到的资料，却让梅梅收获了一个有关苏毗女儿国的历史之梦。一天，梅梅做了一个长长的清晰的梦，不像前面那个梦境，在沙漠里昏天暗地，缥缈模糊，人们都遮蔽着脸，梦里的光线一直摇曳冥暗，朦朦胧胧，模模糊糊。这一次的梦境，与大漠里的那种单调、灰暗的色调不同。这次的梦境是在朗朗乾坤、昭昭明艳的多彩草原上展开的一个丰富多彩、生机昂扬繁忙的世界。梦境里出现的每一个人物，如生活在她身边的熟悉亲切的父老乡亲，五官是那样地清晰，衣着相貌是那样地似曾相识，连头顶的鸟们翻飞的翅膀，都是那样熟谙的套路，拉近了历史与现实、梦境与生活的距离。那个历史中遥远的苏毗女儿国，如现实中归来的燕子，显露得清清楚楚，少了刀光剑影、灰暗、紧迫的压抑感，梦境呈现出一个轻松明丽向上的世界，一个多彩的时代——

　　高原的六月天，女王的那宇城堡，刚刚下过一场和煦的太阳雨雪，轻盈的雪片漫天飞舞，一阵风吹过，飞雪变成了毛毛细雨。午后初歇的风雨，让整个草原变得干净明亮，新鲜的空气里弥漫着花草的甜美味道，远山的云雾，向山顶游弋，太阳暖暖地熏烤大地。清明的天空，周围的山野，松软的草地，翠绿的松柏，被雨雪冲洗得一尘不染。山坡低谷的杜鹃花开得如火如荼，低洼处的湿地草甸上开满了各种各色的邦锦梅朵，青稞地的小苗，悄无声息地"噌噌"往高蹿，大河的水涨到了河沿的草地上。一只喜鹊落到了女王高至九层的宫殿廊檐，"喳喳"地叫了几声，抖动尾羽，在檐角的左一边右一边，轻快地跳动着双脚，鸣叫适可有度，戛然而止，飞走了。不一会儿，又飞来一只喜鹊，停在宫殿的高墙上欢叫，像是告诉主人，客人快到了，出门来迎接吧。

美好的景色中，重量级的关键人物出场了，女王，在几位女大臣的簇拥下，站在城堡的亭台欣赏胜景。

只见这位女王气度不凡，两道眉毛轻扬，宛如鸟儿的翅羽，肌肤白皙像羊脂，秀美的脸庞辉映着霞光，美丽的丹凤眼里波光闪动，宛如蜜蜂震颤的轻盈翅翼，温婉的面部轮廓下，透着凌厉的霸气，俏丽精致的五官，难掩孤傲自信的表情，眉宇间带着威仪，天庭饱满富贵自生，略带慵懒丰娆的身姿，迈动步伐时却沉稳自在，止步驻足时稳重自带气场，落座时紫气团绕自显贵气。一身服饰雍容华贵，外罩一件长至过膝黑帛袍面的轻裘羊羔皮马甲，里面穿绫罗长袍夹衣，斜红绡面宽大的轻裘裤套在里面，贴身穿罗绮绸缎衬衫，这些柔软的轻裘锦缎，穿出了她女儿身的柔美外表，却掩饰不住她内心中住着的男人豪气。头戴缀满各种珠宝的头饰，黄的琥珀，绿的松石，红的珊瑚玛瑙，还有佩戴的各种金银饰品，这一身华贵的装扮，尽显她的尊贵身份，让人一览无余。

传说女王本就喜好中原的绮罗华服，每年都派商队去西域或吐谷浑国换购。大多时间去吐谷浑交易，因为吐谷浑与中原关系密切，交往频繁，而苏毗国又与吐谷浑在族源上、相处距离上接近，关系交融，比西域更胜一筹。

女王出来在楼亭上不是单纯观风景，其实她是在等一拨前来觐见的人，当她看见东南侧渡口处，几个男人乘坐牦牛皮筏船渡河时，她矜持的神态有了放松，似有似无的笑容时隐时现，对身边陪伴的女大臣说："第一遍花喜鹊来报，知道那群男人们在快到目的地的路途中。第二遍花喜鹊来报，带来已到河边的好消息，你们看，臣奴们领诏来拜见，我估摸着他们几个人，这几天该来到我面前了。"

女大臣们附和恭维道："女王聪慧通天，有先见之明，女王冰雪领悟，料事如神，一切都在您的掌控中。"

这时一只喜鹊落在了那宇城堡低墙处，欢快地"喳喳"叫了一长串飞走了，女王说："第三遍喜鹊来报，它是为来客引路的，聪明的生灵。"

渡过河的男人们，上岸后忙整理肥宽的衣袍，梳理凌乱的披发，迈着谨慎恭敬的步态，向女王城堡走来。城堡边缘的几条看护宫殿的拴狗，卖力地狂吠，打破了城堡周围的寂静，城堡的气氛开始活跃了起来，一切的自然风物——山水、花、树、小草、天空、白云和有生命的生灵——各种飞鸟、飞虫、跑兽都参与其中，生命的律动在男人们出现后，变得鲜活喧闹起来。高高在上的女性世界里，这群男人怀着忐忑的心，抱着敬仰的情，保持着谦恭的神态，毕恭毕敬地拜见他们尊贵的女王。

楼下等待的女官把客人引到七层会客厅，女王接见了他们几个。别看这几个男人此时表现得卑微谦恭，可他们是女王的得力外交干将，能文能武，放出去凶猛如虎豹，不断地踏上陌生的区域，去叩开一个又一个国之大门，公关政治、开拓商贸、军事活动；领女王之令，协调国与国、地域与地域之间的冲突，攻克一座又一座的城池，沟通一条又一条互通有无的商道。这次女王召见他们，有重任委派，要派他们去叩响中原大国之门。

女王是一个很有政治头脑、富有远见的人，否则她的势力范围不会拓展到以羌塘为中心的整个藏北高原，东接现今的青海湖吐谷浑国，西接南亚次大陆恒河上游的三波呵国，南接川西北一带，与通天河金沙江一带的多弥国为邻。向今拉萨河流域拓展，公元六世纪扩张到雅鲁藏布江北岸，北接西域的于阗。通过与吐谷浑多年的深层交往，她把眼光投向了物产丰富、国富民强的中原，中原是她向往已久的圣地。她对这次出使寄予了厚望，郑重对待，向使节们说："从吐谷浑国那里，我们多年来听说了中原的富足和富饶，地大物博，像我这一身的精美华服来自中原，我们与中原就如熟悉的陌生人、从未谋面的兄弟一般，对我们这样一个身处苦寒之地的国家，需要有这样一个远交的国家，取长补短。近攻远交，这是我们的立国之本，从我们的祖辈以外乡人的身份来到这里，站稳脚跟到建立联邦国，采用的就是远交近攻的策略。中原离我们千里之遥，这样的富强之国值得我们去结交，成为我们学习、邦交的典范之国。这次你们去，是摸着石头过河，初次结交，以朝贡为主，必须带上丰厚的贡品，以表达我们的真心诚意和对中原皇帝的仰慕崇敬之情。带去珍贵的礼物，名贵的麝香、贝母、知母等药材，多弥国打制的精美金银首饰，珊瑚玛瑙等珠宝，天竺的奇珍异宝和各种香料，西域各国的葡萄干等，还有能代表我们苏毗至宝，拿得出手的至尊闻名的铁器，带去各种兵器：头盔、锁子甲、护肘、护腰甲、箭矢、弓箭袋、火器、佩刀、战刀、马镫、马鞍等。由五十多人组成使节团和一百多人组成的杂役人员，一起去向朝贡之路。明晨，由巫师向阿修罗神打卦问卜，选一个天上的良辰、地上的吉日，去为我叩开皇皇中原天朝的大门，带去我们远方苏毗国的问候。"

女王眺望远山，抬头望向天空，视线越过眼前的高山，她明白，天外有天，山外有山，在太阳升起的东方，有她所希冀望向天空的意志，她要不远千里去结交。明艳的太阳光发出刺眼的光芒，让她流泪，她用手遮挡，对身边的人们说："自从我的祖辈们带领族人来此地，无论身处何方，陷入何种境地，为了开疆拓土，族人们向下扎下了根，向上开枝散叶，总算有了自己的一片天地。但是历史和经验告诉我们，我们不能为眼前的局面沾沾自喜，不得不看向山外、天外，山外有更强大的对手，天外有更富足先进的文明。世事难以预料，世事又如此风云变幻，所谓居安的鼠兔，都知道多打几个逃生的洞口，何况我们四周战火四起，现在我们的强势不能等同于永世不变，这一事实，我们最清楚。别看目前四周无敌手，高原的天气变化多端，草原的局势少有安宁之日，弱小的邻居不甘屈服，蠢蠢欲动，危机四伏，因为我们部族就是从弱小战乱中强大起来的。虽然我们现在与安息诸国、与大食、孔雀王朝、吐谷浑、象雄有了交往，可是与千里之外的中原相比，我们的文化、习俗、物质财宝，与中原王朝千差万别。想立于不败之地，雄霸高原，就得给自己的身体注入强大力量，学习他们的先进技术，改变我们艰难的生存境遇，所以我们应该打通与富足中土的深层交往，多一个远离的友好国家，总比近在眼前的敌国安全。我们苏毗国，向更远的地方看去，往低处流的是水，往高处走的是人，我的愿望迫切，派你们出使中土，意义重大，致使你们使团的担子很重，希望每个成员有三分力量，使出七分的劲儿去克服困难，完成使命。"

使臣向女王诵了一段赞辞："我王英明，威震四方之苏毗女王，外形阴柔，相貌玲珑美艳，却内藏轩昂气度、远大格局；非我类等闲之辈所能及，我等眼光偏狭，眼见丘陵，不见身后巍峨山巅，我等观念陈腐，只思安乐窝，不懂居安思危。女王高屋建瓴，委以重任，我们愿领命负重前行，以报女王的信任和再造之恩。"

使团成员领命向女王宣示："我等完不成使命，向女王束身来谢罪。"

巫师占卜后认为，使团夏末开始启程，到吐谷浑国等到金风玉露的秋季，再下高原，这样使团避开今年中原炎热潮湿的夏季气候，躲开明年酷暑难挨的三伏天，到第二年，趁春末退出大兴城，到了夏初，刚好是返回高原的好季节，夏季正好是高原的黄金季节。眼前离启程还有一段日子，让使团借机做好充分的准备，备足旅途中的行李、干粮口袋和生活用具，做好意外发生的预案，考虑周全，成员们养精蓄锐，等待时机到来踏上漫漫去路。

经过多日的准备，苏毗的使节团踏上了去往中原的迢迢之路，临行时，女王的女管家给每个人分发了马粪蛋大的一坨曲克安哒。女管家嘱咐道："这是女王赏赐给大家的曲克安哒，每人一坨，请你们领受，这是路途折返近两年的曲克安哒护肤品，大家节省使用，路途遥远，风餐露宿，烈日炎炎，我们苏毗人独有的遮风防晒的好东西，就是曲克安哒宝物，这些还是牧户部落不久前进贡给女王的贡品，女王连这细微的事都想周到了，你们可不能辜负我们女王的愿望啊！"

使节团队员听闻后，一致齐呼："女王之令大如天，女王恩情比山高，女王恩惠如母恩！天神阿修罗，护佑女王安康！保佑我们使节团顺利到达中原王朝！完成女王派遣的使命！"

此刻，女王缓步走下宫殿，身边左右，跟随着两位辅助的小女王，左面的小女王手持白牦牛尾做的旄节，右面的小女王手持文书。女王来到辞行的使节团面前，从左边的小女王手中接过雪白的旄节，授予使节官，女王叮嘱道："一路凶险，遇到危难，示意杖节，敌国、恶人、强盗不会杀使者，路上以安全为重，如果碰上劫掠财物寻衅滋事者，能躲避尽量躲避，能退让就退让，不可山中滚石硬碰硬，先保命再完成使命。"使官跪拜接受："遵从女王之教导，遇事随机应变，审时度势，完成使命，以大局为重，在所不惜。"

女王从右边小女王手中接过苏毗国想与中原王朝友好交往愿望的文书，交予使节助手手里，对其交代："通关交往全靠文书为桥梁，重中之重，不能落入敌人、歹人之手，须以命相护，你的任务就是保护文书，辅助使官完成此次艰巨的使命。"

"请女王放心，只要我的脑袋还在肩上，文书就在，誓死以命相搏，命在文书在，护佑使官把文书递呈到中原皇帝手中。"

女王继续交代："到了亲如兄弟的吐谷浑国，拜托觐见中原王朝的事，由他们引领，一切听从吐谷浑国的安排。因为吐谷浑王向来与中原王朝保持着亲密的交往。他们两国之间是不打不相识的朋友，吐谷浑国熟稔中原朝拜之事，他们在中原王朝轻车熟路，我们的意愿，由他们举荐引领，出使必顺达，成功已经有一半的把握，剩余的一半就看你们的能力了，俗话说：是千里马看脚力，是男子汉看行事的成果。我在高原等你们凯旋。"

到了出使启程的时间，使节团成员叩别女王，皮船载着人货在宽阔的河面上悠悠渡河而去，驮牛、马匹被驱赶进河里洇水而过，使节团还有两条凶猛的獒犬相随，人、马、牛到了对岸，脚夫们把物资搭到驮牛背上，骑着马儿浩浩荡荡向东离去。女王站在宫殿的最高处，目送使节团，直至人、马的背影消失后才坐下来休憩喝茶，这时那宇城堡一切归于寂静，轻柔的夏风慢慢吹过山谷，天边只剩孤单的雄鹰游弋逡巡。

使节团风雨兼程，几天后过了查拉拉山（巴颜喀拉山），到了柏海两湖（扎陵湖、鄂陵湖）岸，休整了几天，这里已经进入了吐谷浑国的领地，又走几日，来到吐谷浑都城伏俟城。苏毗人与吐谷浑交往甚密，苏毗使臣到吐谷浑都城，那是熟门熟路，就如串门走亲戚。使节团见到吐谷浑王（夸吕），转告了女王的请托。吐谷浑王爽快答应了女王的请求，他说："凭借苏毗女国的强大实力和女王的威名，早该与中原王室取得联系，再说吐谷浑与苏毗人都是逃避战乱，谋求族人的繁衍生息，来此游牧求生存的，我们圣明的祖上吐谷浑王选定在此驻牧，建立吐谷浑国。同出母地的兄弟般的苏毗国，我会大力相助，指派使节、通司、向导，一路奉陪去中原天朝，一起去朝拜。"

苏毗使臣表示感谢："大王您说得很对，我们也是在苏毗祖上末羯（靺鞨）率领下来到高原腹地，由苏毗女首领经过多年的征战，与本地的部落建立了部落联盟制的邦国苏毗女儿国，苏毗一直向高原的西南、西北方向和西域拓展，因相距甚远，东北与贵国交往止步后，与东方的中原绝往，现在我们女王看到中原王朝的繁盛、文明先进，鸟择良木而栖，人选良友而交，风吹向低处，人登高而望，女王向往中原久矣，而今派我率领使团前往朝贡觐见，嘱托贵国引见。"苏毗使臣从怀里掏出书信呈上，并叫手下把女王的礼物呈给了吐谷浑国王。

当大雁排排南飞，秋风送来了阵阵凉意之时，两国的使节团成员知时节闻风而动，苏毗与吐谷浑重新整合使节团队人马，苏毗使节团的牦牛寄放在吐谷浑的牧地，大部分杂役人员留在吐谷浑的伏俟城，等待使团的返回。告别了吐谷浑都城，使团换乘骆驼、马、骡子，踏上了征程，经过河湟地区，进入临洮、天水、陇西，风雨中，使团到达了一望无际的八百里秦川。中原大地的田野里堆着麦秸，这些高原人处处闻到麦子、高粱成熟的香味，码成垛儿的麦子，在麦场等待打场碾磨，整个中原大地，处在一派丰收的繁忙景象中，这样的路程走了好多天，中原的田园风光也欣赏了好多天。

初秋，天高气爽，吐谷浑的向导告诉苏毗人，这个季节是中原最忙碌的季节，也是丰收的富足季节，农人精耕细作，辛苦一年，丰硕的成果就在这个季节见分晓，一分耕耘一分收获。就如我们的牛羊下膘，兵强马壮的时节一样，付出的劳作总有回报。终于在某一天的暮色中，风尘仆仆的苏毗使节团和吐谷浑使团，在向导的引导下，进入到中原王朝的都城——大兴城（唐王朝建立后改为长安城）南边近郊的一块沙地，吐谷浑的向导和使节说："今天已经是落日之时，我们就此止步。"苏毗人感到疑惑，问吐谷浑的向导："眼看着京城在前面咫尺，何不一鼓作气直接入城，去繁华的都市歇脚，我们这一路鞍马劳顿，大部分时间在人烟稀少、荒凉偏僻的路途中度过，总不能近在眼前却远在天边进不了城，这不是挂在狗脖子上的骨头，馋死也吃不到嘴里吗？"

吐谷浑使官解释道："你们有所不知，中原王朝的大兴城，可是当今世界上最繁华、最大的都城，它的壮观宏大和繁忙是我们僻远之地的人们想象不出的，周边的国家把大兴城当作了世界的中心，有的国家把中原的这座都城大兴城叫胡姆丹城。明天我们住的西市有各个国家的驿馆，有高昌国、高句丽、倭国、东突厥、大食国等国家。大兴城由好多个住行吃穿独立的小城组成，一个小城相当于我们的一个部落邦国，一到落日，各个小城关门，相互不准走动，这叫宵禁。但在所属的小城里，家家户户张灯结彩，互来互往，好不热闹。我们现在已经进不了都城，各个小城在落日的暮鼓声中，关闭了城门，今夜我们只能在这沙地歇脚，明天一早旭日东升的晨鼓声中，我们趁早进城。"

吐谷浑人的介绍，让苏毗人啧啧作声，吃惊不小，问城里住着多少人。吐谷浑使节比喻说："人头攒动，络绎不绝。"

苏毗人张着嘴瞪着直愣愣的眼睛，还是想象不出人多的景象，吐谷浑向导换种说法："见过蜂巢吗？见过密密麻麻的蚂蚁出洞吗？大兴都城的人就有那么多，那么繁忙。"苏毗人似乎找到了人多的感觉，仿佛看到了熙熙攘攘的人群出现在眼前。

向导告诫使节团，夜里帐外都要燃起篝火，防狼夜袭，这片沙林有狼群出没。夜里，果然听到野狼的嚎叫，梦里的苏毗人，以为身处在高原的某个山谷，露宿在野外的熟悉感，狼的叫声，反而催深了梦境，让他们睡得更安稳踏实。

当一团火红的太阳，跳出地平线时，人们忘了旅途中的鞍马劳顿，急切地搭上货物，牵上骆驼，骑上马，赶上驮队，进大兴城的豪迈之气，胜过大兴城本身的繁华气派。兴奋好奇就是骑手的鞭策，他们向大兴城进发。

当传来声声晨鼓时，使节团的人们欢呼雀跃，高声地吆喝起来，他们像听到了催发的号角似的，加快了脚步。向导告诉他们："所有小城市的门都在晨鼓声中打开，小城连成整个大兴城，有条很宽很宽的街路，把大兴城分成东西两边，皇宫坐落在北面，皇帝住在宫殿朝东的地方，所以说街路的东面住的是达官贵人、皇帝的大臣，西面是富人区，住的都是巨商富贾，西市商铺林立，波斯、天竺、西域各国的商人都在西市。另外，不管是从沙漠西域牵着骆驼来的人，还是骑着马从西北草原来的，还是赶着骡子来的、坐船来的，中原的人们，把所有从四面八方赶来的人一律叫'胡人'，把我们、你们统统叫'胡人'。"

当他们进了大兴城的城门，踏上了很宽的那条路，沿街的人们对涂着大花脸的苏毗人感到好奇，投来了异样的目光，有的驻足观望，他们见过各种肤色的胡人，各式各样稀奇古怪打扮的胡人，各种穿戴奇装异服的胡人，见怪不怪，可是从未见过这些牵马、着长袍异装涂着大花脸的胡人。大花脸的苏毗人突兀地出现，让市民们好奇心陡生，围拢在一起指指点点，行人止步露出了惊奇的神色，孩童蒙住眼向大人身后躲藏。使节团的苏毗人更是好奇，他们被眼前这猝不及防出现的大兴城的辉煌建筑、滚滚人流、车水马龙的热闹惊呆了，仿佛置身在虚幻的世界，苏毗使官强压惊慌拘谨的情绪，握紧那柄白牦牛尾装饰的旄节杖，努力镇定心中的惊惶，保持沉稳的情绪。虽然苏毗使臣也是走南闯北，出使到过很多国家，但是那些地方都无法与大兴城的繁华相

比，苏毗使臣感觉自己仿佛到了天上人间，正是印证了女王说的
"我们到了富足繁华的中原都城，称呼只会喊妈妈，熟脸只有认
邻居"，使臣被震撼，感觉自己真是没见过世面的人。在被中原
的繁华震惊到的同时，他更加钦佩自己女王的远见卓识，他想到
深谋远虑的女王，虽然住在僻远的万山中，却没有被阻隔她通天
通灵的神性，只有她在千里之外看到了中原都城的繁华，看到了
物产丰富的国度。她说凡是水都往低处流，凡是人都往高处走，
胸怀大局的女王，越过高山河流，看到了中原王朝的繁华，派遣
我们远道而来，与这样一个昌盛富强的国家联袂，交往，可见女
王英明的决策，有先见之明，他对女王更加崇敬叹服。

　　吐谷浑的使节官指示："向西市去，所有胡人的商队、驮商、
各国的驿馆，都设在西市，我们吐谷浑国的驿馆，也设在西市。"
进入这条街，碰上百十个人，起码有一半是高鼻深目的胡人和像
他们这样的胡人，另一半人是大兴城的小官吏、贩夫走卒和逛市
的市民。人来人往，热闹非凡，他们走走停停，跌落在花花世界
里，走了几个时辰，才到西市吐谷浑驿馆地。

　　到了驿馆后，向导郑重告诉大家："我们外乡人到了大兴城，
要严格遵守中原王朝的规矩，到大兴城后，每天太阳快落时，听
到各城门的鼓声响起，必须立即赶回自己住的小城区，否则会受
惩罚甚至遭到砍头，切记！"一路在向导的引导下，他们来到吐
谷浑驿馆下榻的地方，苏毗人受到吐谷浑驿馆人员的接待安排。

　　繁华都城和高大雄伟的宫殿，让苏毗人目瞪口呆，他们中有
的人，每天张着往肚子里灌风的大嘴，站在很宽的大街上体验，
想把这种真实的震撼感受，带回去告诉故乡的人们，禀报给女

王。宵禁的鼓声，在暮色中此起彼伏，那种浑然天成、庄严肃穆的氛围无以言表。夜幕下，新的夜市生活开始了，让他们这些习惯于日出而作、日落而息的人，看得心潮起伏、热血沸腾。他们发现世界之大，无奇不有，原来同一世界的人们，有着天差地别的生存境地和生活方式，中原人生活得精细、富足、丰富多彩，高原人生活得粗犷、随意、艰辛，一方水土养一方人，人在环境中不由人，只有适应环境才能生存，中原的炎热，高原人难以适应。

可是与中原的繁华富足相比，苏毗使团的人，显得孤陋寡闻，仿佛跌落在异样的世界。他们成天到街市流连忘返，不敢相信自己的眼睛，陷落在繁华的大兴城，特别是华灯初上、灯火互映、灿烂辉煌的夜晚，喧闹非凡，人流涌动，欢歌笑语，他们在花花世界乱了方寸，乐不思归。但是女王的重托不敢忘在脑后，分心的是那些无关紧要的手下人，使官和助手通过吐谷浑使团的人，与中原朝廷接洽朝贡之事，不敢分心，毕竟他们两个人在女王面前立下了誓言。女王那双期待而又凌厉的眼神，时常浮现在眼前，鞭策着他们不敢懈怠。每天跟在吐谷浑使官的屁股后，找通关的各种渠道，各国来朝贡的使团很多，大家按先来后到的次序，等待接洽事务，等待觐见中原皇帝。

据说当今中原皇帝很喜欢去各地体察民情，不是每天都能上朝，甚至十天半月不上朝，还听说中原举国之力，正在修建一条自南至北的河道，叫运河，通过水路，把中原的南北之地贯通起来，解决交通和南北物资的交换，皇帝去视察顺带游历他的江山，八月十五日前赶回都城与民同庆中秋佳节——圆月儿节。

经过四个多月的漫长等待，多方呈交外交文书，总算等到了觐见开皇皇帝的机会。听到开皇皇帝召见两国使节的消息，他们中炸开了锅，都想在朝廷留下高原人豪放英勇的形象。吐谷浑的使节建议苏毗人不要赭面去觐见中原皇帝："你们的赭面习俗，恐怕会让中原的皇帝、文武大臣感到不适，像没有开化的颛顼之人，显得愚顽粗野，在他们的眼里，这个像陋习，对中原皇帝大有不敬冒犯之嫌。而且我觉得一张大脏脸，在讲究仪表仪容整洁的中原人们面前，有失尊重，有违和之感，这不是我的偏见，我们都是生活在高原的人，被高原红醉醉的太阳暴晒，被高原猎猎的劲风吹打，黝黑的脸膛、红坨坨的颧骨，就是我们的印记，同是生活在高原的我们吐谷浑人，可不把尊贵的脸，牛屎般涂抹得脏兮兮的。"吐谷浑使官说毕，明显带着傲慢嫌弃的神态，其他的吐谷浑随从人员与他们的使官保持了一致的态度。

苏毗使节们一听吐谷浑的人们说赭面是陋习，他们很不服气，与吐谷浑的使节成员起了争议。苏毗人认为，赭面是苏毗人的一种生活习俗，上至女王，下至平民帐奴，都用赭面来护肤修饰面容的，是全苏毗民众喜爱的一种习惯，不能指责为陋习、愚昧的表现，这是不同族人的地域标识。苏毗人七嘴八舌地辩解道："女王临行时，还赐予曲克安哒，一路受用，才使我们的脸没有被太阳灼伤，没有被风霜侵蚀。"有的说："得感谢曲克安哒这一赭面的习俗，总不能到了异地，抛去我们苏毗人的习俗，还有至高无上女王的恩惠。"

"难道说改弦易辙，就是表示对中原皇帝的尊重？再说早闻中原皇帝开明包容，尊重异国他乡的风土人情，主人不嫌弃，作为同是客人的你们，反倒嫌弃我们？你们没有理由！"

吐谷浑使官一看苏毗人反应强烈，愤愤地说了句："我是出于好心告诉你们的，采纳与否你们斟酌。"吐谷浑使官的贴身随从接上主子的话茬儿猛刺一句："主人！您赠送一棵珊瑚，懂得的人当作无价之宝，无情的人认为冒犯了他，反咬一口，不识好意。"

苏毗使官，一个平和识大体的聪明人，他看到双方的人无休止地争论下去，会起冲突，便摆摆手制止大家争论，口气缓和如大江的深水流，笑容像雨后的晴天开朗，和风细雨地轻轻说："息怒！大家不要争吵！是啊，我们苏毗人的赭面俗，且显异殊，自从我们到中原之地，到都城大兴，引起了人们的好奇、关注，可是，在大兴城，我们看见各国的人、外乡人，哪个不是穿着标志自己族群的服饰？哪个不是保持着自己独特的习俗？入乡不随俗，大兴城的人由好奇、惊诧，变得已经开始接受我们赭面的习俗，赭面，是我们苏毗人的特有标志。周围的人们已经接受我们的赭面，这就是中原汉地的包容性，才招徕了异族人来朝拜觐见，才吸引了各国的商贾来贸易，我想，赭面，乃我苏毗人之习俗也，汉皇和大臣们不会认为是苏毗人对他们的冒犯，尊重习俗，是彼此最初衷的尊重，所以我们苏毗人带着赭面之俗去觐见中原皇帝。"

苏毗使臣权衡利弊，一锤定音的定夺，使众人的争论停息。

吐谷浑使官觉得苏毗人言之有理，出来为自己找台阶下："苏毗的兄弟们说得有道理。第一，你们的习俗，应该得到尊重。第二，是你们女王所赐之物，神圣不可亵渎。第三，中原王朝开明，会包容异乡异俗，他们能接受，见怪不怪。我的提议就是多余的，话多无价值，还望苏毗兄弟们不要产生误解，我们也是出于好心，没有嫌弃之意。"

这边的苏毗人齐声说："吐谷浑兄弟们，知道你们也是出于一片好心，话说到明面清楚了，别为我们的狭隘计较，我们是相邻相助的好兄弟，俗话说：没有好邻居，没有好日子。"

一场争议风波平息了，苏毗人和吐谷浑人走到一起，坐下来商议，苏毗使官指出："关于赭面觐见这事，我们得变通一下，觐见那天，赭面俗不变，不过要男人们使用女人的曲克安哒妆容，理由嘛，这种妆容，能彰显我们苏毗男人的俊朗英姿，为了让我们的赭面变得庄重、好看，男人们在曲克安哒中，加上朱砂红，远在中原的我们，借用一次女人们的妆容，为了苏毗国事，为了完成女王交给的重任，我们豁出去，冒犯一次我们神圣的母性，套用女人的赭面法，把苏毗人美的样子呈现在中原宫殿前。"

苏毗人振臂喊："为了维护苏毗之俗，我们不弃赭面；为了彰显苏毗人的英俊本色之美，我们用尊贵的女王和苏毗女人的朱砂曲克安哒赭面。"

吐谷浑这边的人们掩面而笑，这笑里少了嫌弃，多了会心惬意欢喜的成分。这笑声由低慢慢攀高，汇集成了哄堂大笑，大家都憋不住，赭面之俗到了中原，变成了可笑滑稽的严肃正当的理由。

苏毗女人赭面，尤其是贵妇们，很讲究，与男人们粗犷简单的赭面，形成了鲜明的对照，女人就是天生的美丽的创作者，她们能把赭面之俗推向精致、复杂，进而产生美感。苏毗女人赭面时，将赭褐色的曲克安哒调上朱砂红或红矿石染料，薄薄均匀地涂抹在两颊的颧骨处、两颊中心的脸颊上，两坨红艳艳的妆容，就如高原明艳的红太阳。为了舒缓赭面带来的紧绷感，用草芥点缀纹饰，有些收集纹路清晰的叶子或形状独特的花瓣，拓在未干的赭面曲克安哒上，形成美丽的纹饰，像一幅自然的彩绘，这种讲究的涂法，只有尊贵的女王和宫殿的女官们采用。当然赭面是以防晒为主，尤其是男人们，一般都在野外跑，防晒护肤为主，应该是涂全脸，因为涂抹不均匀，容易形成大花脸。

在外奔波的苏毗男人和游牧为主的苏毗女人们，通常都是满脸赭面，无需朱砂和纹饰，涂层越厚，护肤防晒效果越好。

接受中原皇帝召见的前一天，苏毗使臣，再三吩咐手下："千万别抹成路上那种糊了牛粪饼的样子，与金碧辉煌的皇宫不登对，不免让中原人产生愚昧粗鲁的感觉，有损苏毗人和女王的形象。记住！不要抹满脸，像我们的女王和王室的女人们一样涂在两颊的颧骨处，给中原朝堂的人们留下庄重、有仪式感的印象。"使臣要求手下无条件执行，召见的前一天，苏毗使节团的人备足了功课。这一天，苏毗使节团成员脸上涂上加入朱砂红的曲克安哒，沐浴更衣，美美地把朱砂红的曲克安哒，涂抹在脸颊上，让中原的朝堂看到苏毗人的赭面之俗，是一种耐看的观瞻。

使团成员还在涂面时拓印了随手采撷的花叶的纹饰，这种妆容，不仅展现了独特的异域风情，还提升了赭面的美感。每一张赭面的脸都有精美的纹饰，脸颊两坨红晕，像大兴城早晨从地平线上跳出来的红彤彤的太阳。于是在开皇六年（586 年）的探春时节，开皇皇帝上完早朝后，召见了苏毗使节官和吐谷浑的使节官，并在夜间设宴款待了两国的使节团成员。

午朝上，隋帝坐在宝座上，在文武大臣的陪伴下，在吐谷浑使臣的引荐下，苏毗使团成员觐见了隋帝，并敬献了苏毗女王的礼物。

当苏毗使团敬献的礼物一件件呈现在朝堂上时，隋帝脸上喜笑颜开，大臣们个个瞪大了吃惊的眼睛，他们想不到，在蛮荒的千里之外，有如此富有的国度。礼物有来自域外的奇异的珍宝——天珠、玛瑙、珊瑚、翡翠、绿松石，有来自邻国多弥的精美金银首饰。作为女性的苏毗女王，心思缜密，了解女人的喜好，特意为中原王室的女人们赠送了礼物，为皇后公主在多弥国定制了十几串项链，链子是黄金镶珊瑚或镶绿松石，吊坠有鸡血石的、琥珀的、青金石的、天珠的。还有来自天竺、多弥以及西域诸国的各种名贵香料制成的随身佩戴的香囊，名贵药品，贝母、麝香、鹿茸、熊胆、牛黄、熊掌等不计其数。最后，重礼隆重推出，当苏毗人搬上来各种兵器，朝堂沸腾起来，文臣们指指点点，武将们跃跃欲试，对兵器赞不绝口。随后，吐谷浑使团也敬献了礼物，这场来自域外的献礼仪式，在皆大欢喜中结束。汉皇当即决定晚上举办盛大的晚宴答谢苏毗使团和吐谷浑使团人员。

晚宴上，手臂粗的牛油脂蜡烛照得大殿内通亮，群臣毕至，人声鼎沸，热闹非凡。苏毗使臣盯着粗蜡烛多看了几眼，吐谷浑使臣凑上来自豪地在苏毗使臣耳边介绍道：“这些粗蜡烛，是两年前我们进贡给中原王室的牛油蜡烛。”摇曳的烛光照耀下，牛皮黄的蜡烛通体泛着油油的光泽，同时这种光泽也自显在吐谷浑使臣那张沾沾自喜、充满优越感的脸上，表明了吐谷浑部族与中原王朝相交多年的亲近关系。苏毗使臣懂得吐谷浑先声夺人的用意，不甘示弱地回敬："办事只动嘴皮子，跟牛皮套流水没啥区别，送礼轻诚意小，诚意的大小，是礼物的价值堆出来的。"苏毗使臣霸气的眼睛只顾盯着朝堂说，没有看吐谷浑使臣一眼。吐谷浑使臣心里明白，苏毗女王这次派使团与中原王朝取得联系，是下了血本的，周边邻居部族都壮大起来了，他们已经感到了危机迫近，尤其是西南的雅隆、象雄部族。至于财富嘛，擅长经商的苏毗人，国力财富雄厚，是青藏高原最强大的国家，又占据着主要的交通要道，势力范围到达天竺、西域、波斯、狮子王国等，除了与中原没有连通，所以，他们会为这次中原王朝首行，带来丰厚礼品敬献。

"女王敬献给中原隋帝的礼品，珠宝都是稀世珍宝，金器都是天下无敌。"吐谷浑使臣觉得这回答有挑衅意味，便压低嗓门说，"难道你们不远万里带来了一些奇奇怪怪的石头吗？好看不中用！"苏毗使臣眼睛还是一直盯着金碧辉煌的朝堂和满堂正襟危坐、彬彬有礼的朝臣，心无旁骛淡淡地回答："老虎的皮毛远不如老羊皮实用，但荣耀富贵全仰仗它来装点。我们女王敬献的不只是好看的珍宝，还有最实用的、最锋利的刀剑、铠甲等兵器，是国力、战场上的制胜法宝。总之，都是涯无边，水有界，物超所值的宝物，中原王朝所稀罕的财物。兄弟，这一路上真没看出来，你竟是黄金嘴、利斧心。"

吐谷浑使臣抬起左手，用大拇指狠狠地搓了一下左鼻翼，鼻子里发出低沉的抽搭声，讪讪地扫了一眼苏毗使臣，撇了撇嘴，把肚子里搜刮到的话语咽回去了，他明白此时吃多了味难辨，话多了无价值。

大兴城的人上至皇帝文武大臣，下至贩夫走卒、平民百姓，都记住了苏毗人这一赭面的习俗。隋朝的史官们没有放过这一奇异的赭面之俗，便在《隋书·苏毗女国》中添了一笔，苏毗人男女皆喜好赭面。

使节团得到开皇皇帝的召见和赏赐后，在这一年的惜春之时，离开了繁花似锦的大兴都城，急切地踏上了返乡的路。想把他们出使的成果和所见所闻，尽快传达给女王，加上已经在外漂泊了一年时间，思乡心切，他们风雨兼程赶路。

当踏上河西大漠时，面对茫茫戈壁滩，浓浓的乡愁再也压抑不住，便唱起苏毗歌谣：

> 漫漫路途，马儿为伴，
> 我是离群的牛羊，
> 渴望回到宽阔草原的怀抱，
> 草原深处有我温暖的家，
> 有盼归的妻儿老小，
> 今天到明天，一天又一天，
> 我的思念跟随我的脚步没有停歇，
> 人在他乡，家在前方……
> 迢迢山水，日月相伴，
> 我是离群的孤雁，
> 渴望春回大地回到水草地，

天的尽头有我可爱的姑娘，

有一起征战的生死兄弟。

今年到明年，一年又一年，

我的思念跟随我的脚步没有停歇，

人在远方，心在家乡……

　　使团的队员用低沉苍凉的曲调，唱出了哀婉的思乡情，在大漠恢宏的落日下，显得荡气回肠，悠远绵长。

　　初夏，使团到达了吐谷浑国，略作休整，招呼上在此等待的杂役，赶上自己的驮牛，踏上了熟悉的高原，回家的路变得轻车熟路，足下生风，两天的路程当一天赶，心与故园的距离在缩短，久别的使团，每个人都精神百倍，回去，他们可以向女王复命。高原的夏天，比中原的春天还要寒冷，有时候一天走过四个季节，时而遇风雪，寒冷无比，时而烈日炎炎当空照，时而暴雨来袭，可他们风雨无阻，向那宇城堡进发，因为他们不辱使命，好消息要与飞鸟比速度，尽快向女王处飞去，禀告在中原的所见所闻，传达中原王朝对苏毗国的友好态度和对女王的问候，以及不菲的赏赐要呈给女王。

　　当一阵清冷的寒风拂面，离别的人们呼吸到了久违的空气，牦牛和马对环境的熟悉更胜过人，它们不知疲劳，夜一程，昼一程，星月轮转，马不停蹄地赶路。使节团完成了使命，是苏毗的功臣，而这些牛马，是使节团队的功臣，没有它们，这出使的路将异常艰难。那两条獒犬，变得有些苍老，脖子粗壮，浑身的毛杂乱，但还是凶猛忠诚，翘着傲娇的尾巴，一只在前引路，一只在后压阵，忠于职守。

使节团走到河岸，沿岸绿茵油油，河水恣肆流淌，杜鹃花开得还是像他们一年前离开时那样如火如荼，四周的山葱葱茏茏，那宇城堡在远处云雾中时隐时现，每个人的脸上，都泛起了赢家才有的得意。

这是一个高原太阳红醉醉的明艳午后，女王在她的九层宫殿的亭台望见了渡河的使节团，她的笑如河里的涟漪向外延展至耳根，因为她知道，使节带来了她互通友好的美好愿望已实现的好消息，中原王朝知晓在遥远的高原，有她这样一位霸气的女王，统领着一个领土广袤强大的国家，还有牛马准会驮回来中原的罗绮华服、中原皇帝回赠和赏赐的丰厚礼物，更重要的回礼是打通了友好交往之路……

梅梅的梦正在有美好的结局时，被手机铃声惊醒了，一看是央金的号码。梅梅心里埋怨：这个冒失鬼。沮丧地抓起手机直言不讳："央金，大清早的，讨厌！你搅了我的好梦。"

央金便回了句："好人好梦，哈哈哈！太阳照在屁股上了，你还没有起床吗？我有好事告诉你，给你搜罗到一些资料，今天是周末，下午去茶吧，听你讲好梦，你的梦境画面太治愈，真的，听不够。"

梅梅急于把梦境讲给央金听，打断央金的话，说："央金，曲克安哒的故事有下文了。"

"真的！又有精彩的故事听了，好的，我以光的神速赶到。"

"别急，再急也要等到下班以后。"

"好吧，下班后老地方见。"

平时，梅梅一直在坚持做的一件事，就是读书，搜集材料，做笔记，写文章，不断地提升自己；梅梅对别人做的一件事，那就是选准对象倾诉，不吐不快，这个倾诉就是将知识、看法、思考的结果分享出去，并进行疑惑探讨。学成回到家乡，她分享的对象选择面很窄，窄到她走独木桥，跟亲近的家人犯不着，思维认知不在同一维度上，分享的是另一种生活体验。在单位，人与人之间保持着相应的社交距离，一种若即若离的关系，总之，就是特有的疏离感，学术上的东西讳莫如深，步调一致，她深谙此道，因而低调行事，内敛平和待人。她遇到的适合倾诉的对象，那就是央金，她向央金倾诉，一吐为快，可以上天文、下地理，学术中的思考，自己不成熟的观点，甚至就是私密的梦境当真实故事讲，央金都听得津津有味，不感觉到是无稽之谈，梅梅找对了倾诉的对象，两人之间发生同频共振，能量互换。

下午，刚好碰到了今年入冬以来的第一场雪，外面的雪悄无声息地飘落，梅梅的讲述别有洞天。她的第二个奇葩梦境，让央金听得入迷，随着梅梅讲述情节的引入，她们俩仿佛一起进入了遥远的苏毗女儿国的世界，一起感悟那个纯真质朴、充满原始野性的时代里，一个风华绝代、决胜千里的苏毗女王，是如何做到用强悍霸气的手段，掌控笼络着纷扰复杂的部落联盟国家的，让那些追随她的部落，臣服忠诚如一，建立起了强大好战向外扩张的苏毗女儿国。梅梅认为女王的存在，是时代赋予了她们展示女王风范的机遇，是社会形态催生了一代代深谋远虑、豪气十足、有铁腕手段的女王，成就了她们在那宇城堡九层宫殿中运筹帷幄，牢牢地掌控着广袤疆土的因果，这是时代社会共同塑造的产物。央金认同："精辟的见解！"

梅梅说："当然苏毗女儿国最后也逃不出历史车轮滚滚向前走，政权交替更迭的宿命。强也女王，前面的女王励精图治；败也女王，最后一位女王败给了强悍的吐蕃政权，落得苏毗女儿国走向灭亡，苏毗王室成员付出惨重的生命代价，弃土仓惶出逃中原王朝的结局。这是后话，有机会我们慢慢再聊苏毗女儿国的历史点滴，先帮卓玛的曲克安哒系列产品，找背后支撑的历史背景和民俗文化，为她的非遗传承产品叩开市场之门，让她和她的曲克安哒走出大山，走出家乡，走向更广阔的舞台。"

"梅梅，我突然悟出你和卓玛是前世就修好缘分的最好的合伙人，时下叫黄金搭档，一文一武，资源整合，你经营的是地域特色文化，卓玛经营的是地域特色产品，不怕地方没特产，就怕特产有文化，你们俩合二为一，就是强强联手。"

梅梅吃惊地看着央金赞叹道："没想到你看问题挺深刻的，有深度、有维度、有高度。"

央金满脸狐疑地反问："你这是夸我呢，还是埋汰我呢？"

"岂敢！发自肺腑的真心话。"

央金一听莞尔一笑，换成得意的神态，摇摆着身姿说："不管怎么说，我央金也是受过大学教育，摸爬滚打四年的本科生，没有你高深的学识，一些基础性的通识知识略知一二。"

"哈哈，一贯作风，内涵我，凡尔赛自己。"

央金无奈地苦笑，越描越黑，只回答了三个字："我的错。"

梅梅讲到了苏毗人的大花脸，兴奋的因子活跃了起来，问："央金，你猜！我这次的梦破解了什么奥秘呢？"

央金调侃道："梅梅，我看你真中了苏毗女儿国的梦魇，醒醒吧！你还在做梦，梦原本就是假的，假的东西能破解奥秘？"她把小嘴一撇："神马都是浮云，不可信。"

梅梅知道央金是欲擒故纵，打击她的梦，其实她比梅梅更信梦的真实性，故意用网络流行语回击："这时空中飘来五个字：梦境成真哦！"

"你可不能小觑我的梦噢，比起小说《鬼吹灯之精绝古城》和 IP 衍生出来的电影《九层妖塔》，觉得我的梦真实可靠多了，这两个作品虽然是虚构的，现实中是有模板的，有一些真实的成分存在。可我造的梦，比它们的真实成分多，因为我是站在坚实的历史基石上，而不是魔幻穿越剧。电影《九层妖塔》讲了一则在昆仑腹地探险中的离奇故事，揭开了一段人类与鬼族时隔一千年的秘密史，其中把女儿国的女王妖冶化、妖魔化、神秘化，女儿国与精绝国的故事，我在前面梦境里已经讲过了，我梦里的苏毗女王是神化了、升华了、深化了的女王，特有女王范儿，因为我是被她的远见卓识和玉臂一挥锋刀利刃出，争霸雄踞数百年的威仪所折服。尽管藏史典籍《贤者喜宴·玛尼宝训》中记载，说大女王昏庸暴戾，喜怒无常，善恶不分，激起了下属的反叛，被吐蕃的大臣娘·莽布支尚囊所征服，但是在我梦里的那一代苏毗女王，有建功立业的霸王之才，在公元四世纪末至公元五世纪初建立了苏毗女儿国，势力范围东与青海湖的吐谷浑相接，西接南亚次大陆，恒河上游的三波呵国，甚至当今的克什米尔也是当时苏毗女国的势力范围，南接唐旄（即今拉萨一带），北接当时佛教盛行的于阗，是通往北印度的要道，苏毗灭了精绝国后势力直抵西域。与各国各地的商贸活动频繁,与古印度的孔雀王朝、波斯、河西走廊到西域地区、中原、吐谷浑等交往通商。还与吐蕃、高昌等国进行征战。藏史记载,吐蕃王室还没有走出雅隆山谷时,藏王松赞干布的姑姑,在苏毗王室为女王的侍女。苏毗女国是何等地强大。他们打制的兵器可以说是那个冷兵器时代最先进的黑科技武器,这样一个国家的统领者——苏毗女王,你说不值得神化吗?央金,听我讲,梦里有的总是该在现实真相中有的。"

"我得给你纠错,不是神化,是大话苏毗女王。"

"女王就是额的神啊!"梅梅夸张地捂着额头说。

"我看你中了苏毗女王的魔怔。"

央金此时的情绪亢奋,关注点提起来了,忙喊服务生:"给我们续杯!"然后向梅梅挥手:"继续!今天咱俩可是煮茶论苏毗女王。"

梅梅问:"讲到哪儿了?"

"大话苏毗女王。"

雪已经挂满了窗外的树枝,地上铺了一层毛茸茸的白毯,此时此景适合说离奇的梦境,讲梦的故事。梅梅娓娓道来,讲得如身临其境,把央金听得入迷七分,惊诧三分,她时不时举起茶杯,兴奋地提议:"来!举杯同饮,走心走梦境,又是一场历史的梦境啊!"窗外的飞雪在落,央金随着梅梅的讲述渐入佳境。

直到梦境演绎完,央金直愣愣地看着梅梅良久,绕过茶几抱住梅梅说:"大花脸不就是曲克安哒吗?梅梅,你像个巫婆,打通了历史与现实的联系,曲克安哒就是这把钥匙。"

"说梦是真,做梦是真,唯独梦境是虚幻的,不能佐证曲克安哒就是苏毗人赭面的，各种史书上明确记载赭面是吐蕃人的习俗。我是想通过证明苏毗人赭面之俗，来回答我导师提出的问题。他问我，我的家乡是不是历史上苏毗女儿国之地。我已经收集到了几个例证来求证，我的家乡，曾经是历史上苏毗女儿国之地，可是缺关键的一环，如果有一个说服力很强的证据能佐证，我就能为曲克安哒找到原创者，解析我梦中的那个大花脸的困惑。"

央金匆匆从背包里翻出一本装潢精致的日记簿，递到梅梅手里："只顾听你讲故事，忘了今天见面主要是给你送资料的，你看看，我在杂志、网络上摘抄来的，快看看有没有你的菜。"

梅梅翻看日记簿，对央金细致入微的节选摘抄，发出"啧啧"的赞叹声："央金，你的助力足见铁杆闺蜜和志趣相投的死党是怎样扭结成一股绳索的。"

"嗯呐，啥叫拴在一根绳上的蚂蚱。"

梅梅边翻看资料，边漫不经心地接话茬儿："说文雅一点，应该是中国好闺蜜。"

"终生为知己，我不分青红皂白，永远跟你是拴在一条线上的蚂蚱。不过我可提醒你，你梦境里的大花脸有些虚，可不能犯主观的'单边主义'哦。"

"这也是我迈不过的坎儿。"

梅梅看到大部分资料和自己掌握的一致，有一段文字，梅梅反复看了几遍，停留了一会儿，她若有所思地问："这段文字的出处呢？这个年代确切吗？"

央金探头一看，说："没有错。"

"央金，你看，这段文字记载的是吐蕃于公元 670 年，联合苏毗国内反叛的部属，内应外合，攻破苏毗女王的那宇城堡，苏毗归顺吐蕃，成为吐蕃四大藩属国之一，从此吐蕃叫他们孙波茹（即孙波族），苏毗的名称渐渐失去了。我收集的资料《隋书》中有记载，苏毗人初次到中原天朝朝见开皇皇帝的时间是开皇六年，即公元586年。刚才，我也讲到那时整个大兴城上至皇帝、达官贵人，下至平民百姓、贩夫走卒独对苏毗人赭面（大花脸）之俗感到好奇，最早是隋史记载的："苏毗有赭面之俗，无论男女均以涂面。"就是说，苏毗人男女喜好赭面之俗，与后面的《西域图记》《大唐西域记》《北史》《旧唐书》《新唐书》《太平寰宇记》《资治通鉴》记载的有关女国与赭面之俗比，认为是吐蕃人赭面之俗要早得多。可以肯定，赭面之俗的原版或正版权在苏毗人手里，只是苏毗人到中原朝拜时，赭面之俗在大兴城不过是'小荷才露尖尖角'，应该是苏毗赭面之俗，流传到吐蕃，后来强大起来的吐蕃人，征服苏毗女儿国后春光占尽，与大唐开辟了唐蕃古道后，来往密切，物质文化的交流频繁，后来者居上，把赭面之俗带进了中原，带进了繁华盛景的大都市长安城，使之成为当时中原上流社会贵妇们趋之若鹜，风靡　时，追捧的时尚妆容。"

梅梅拿起手机，给央金看了她手机中收集的图片。有吐蕃人赭面的各种壁画图，有唐朝宫廷嫔妃、宫女们的妆容图，有贵妇们游玩嬉戏的妆容图。

央金不等看完，发表了她的看法："苏毗人也罢，吐蕃人也罢，赭面是大面积的，基本上把曲克安哒像做摊饼的方法，就像现在的我们敷面膜，而中原的女人们赭面，只是单纯的妆容而已。"

"说明区别所在，吐蕃人是男女通用，以实用的功能为主，当然这些图片中也不乏赭面的苏毗人，这得从时间和服装考证。而中原只有女人们赭面，是她们改版后的时尚妆容，以追求时尚为美，因此出现了点红，包括赭面材质的改版，加点胭脂、蜂蜜、搽脸的油脂调制极有可能，当时改版的赭面妆容有点红（点状散开）、斜红（突出部位，鼻尖、颧骨、额头、下颌）、月牙形、柳叶形、角状形、小团红（相当于今天的腮红），当时最流行的妆容是斜红妆，有白居易的诗赋为证：圆鬟无鬓堆髻样，斜红不晕赭面状。"

央金激动地抱住梅梅念叨："证据实锤了，可以定性，曲克安哒的原版持有人就是苏毗人，佛祖保佑，老天有眼。重要的事说三遍，用曲克安哒赭面的习俗原版持有人是苏毗人……用曲克安哒赭面的习俗原版持有人是苏毗人……用曲克安哒赭面的习俗原版持有人是苏毗人。"

"我搞的不是主观的'单边主义'吧？想与苏毗的历史亲密握手，总得有实际的历史佐证，不能与历史的空气握手，那样，我的梦中情结就会显得苍白无力。"

央金坚定地摇着头说："不是，不是，你采用的是梦与历史遥相呼应，互为印证的客观'多边主义'，说服力很强，梅梅，你的梦好神奇，梦幻色彩好浓，竟然揭开了大花脸之谜。"

梅梅一脸的严肃镇定："既然能证明曲克安哒最初是苏毗人的习俗，也能进一步印证苏毗女儿国在我们的家乡的历史事实，历史上的苏毗女儿国，存在于我家乡的历史，可以复盘了。"

"梅梅，我认为，曲克安哒应该是苏毗女儿国的遗腹子。"

"央金，这个遗腹子的比喻用得贴切，卓玛家三代女人对曲克安哒的执着喜爱，精心传承，是苏毗女儿国的魂灵，寄寓在曲克安哒上，曲克安哒薪火相传，苏毗女儿国的灵魂不灭。从中可以看出，苏毗的往事，如一枚种子，在历史的隧道里努力发芽生根，在这片属于自己的土壤里彰显她的生命力的顽强。其实，我的梦既不神奇也不梦幻，写实的成分更多，这与我平时看的书和收集的资料有关，梦只是打通了历史与现实的通道吧。也许是导师抛给我的问题，对于我来说，证明家乡就是历史上苏毗女儿国之地的心太切，所以就有了匆匆一梦千年人事，苏毗魅影烙在了心里，挥之不去，刚才年代的推理分析，就是历史真相的数轴、细节的导航，但是，我们无法详细而鲜活地再现历史真实细节，时光不会倒流，再活灵活现的梦，也不过欠历史一个真相与细节，只能对现实呐喊出缺憾。"

"梅梅，你说得没错，我记得文化学者马未都先生是这样诠释历史真实的，我看过他的一个视频，他认为虚构的文学作品《三国演义》对中国历史的贡献，远远超出史书《三国志》相对于历史的真实，就是说，正确的历史观，给人们带来的影响更为重要，学习历史以正确的史观为主，他强调说，历史没有真相，历史只残存一个道理，让大家从中吸收营养，远比真实重要。"

梅梅点头认可："我们无法还原历史的真实细节，可是我的虚幻的梦，是构建在对历史事实的基础上的。"

"是啊，你的虚幻的梦刚好补白了历史真相的细节。"

央金咧咧嘴："梅梅，你是一流的追梦历史真相细节的做梦大咖，不对！用错词了，应该是大师。"

"你啊，快！嘴上插上篱笆，又开始了漫无边际的大话连篇。在历史的流变和时间光阴交替中，女儿国的存在变得漫不可信，跌入了时光隧道。其实苏毗女儿国披着历史的风霜，在刀光剑影中建立了不朽的基业，是历史赋予她的光彩，无论是在莽莽的远古高原，在史书古籍中，还是在我们现实生活的古道遗风中，无时无刻不在诉说她的传奇。尽管苏毗女儿国的尽头是一曲悲歌，落得王室成员东躲西藏，被围追堵截，被杀伐，落得个少数王室成员投奔中原王朝的狼狈结局，吐蕃的史书上记载苏毗女儿国是因为女王的骄奢跋扈，引起内讧倒戈，致使苏毗联盟部落众叛亲离，分崩离析，最终被吐蕃王室征服吞并的悲哀结局，她的命运与二百多年前被她吞没的精绝国如出一辙。但是我声明，认定我梦中的那一代女王，可是个狠角色，女王中的王者，也就是说之前的几代女王，有建树，励精图治，否则怎么建立起强大的政权，雄霸一方呢？只是到了后面，香烛燃烧到头来是灰，苏毗女儿国也不例外。"

"文绉绉的酸腐词儿来了，烧脑，说通俗一点！你告诉我历史上存在过的苏毗女儿国是不是在我们这儿，简单地说，是还是不是？"

央金误解，以为梅梅对苏毗女儿国在家乡没有自信作出肯定的判断。梅梅回答："是在我们的家乡，还是你拿出了关键的证据，那段文字和时间。"

梅梅拿着央金那本精致的日记簿说："你记的都是我的菜。岁月已去，我、你、卓玛、巴忠奶奶、老阿妈、老阿妈的阿妈、奶奶的奶奶们，成了苏毗女国的遗民，不变的是容颜，还有刻进骨子里的顽强、坚韧，面对困难无所畏惧，烙印在生活习俗里的印记，是的，梦已经飞得太高太远，逝在云端，翘首远望，眼前的古道遗风，是挥不去的天边云霞。"

"听你这样一路高歌，我们是苏毗女儿国的后裔，我的这本日记簿归你，我的菜就是你的菜。我听你讲这些故纸堆里的事、资料罗列的知识、民俗事项、你的梦境故事，每次，我都获得小确幸，而你则不同，你的判断推理，你提出的问题，你对历史的理念，你的思考或得到的答案，推理分析，新发现新结论，就是你在不断充实提升自己的大确幸，记得我的美容老师说你有'大我的情怀'，可我达不到你的大我情怀。"说着，央金双膝弯曲，学着电视剧《甄嬛传》中人物的动作，双手翻着兰花指说，"臣妾实在做不到。"惹得梅梅掩口大笑，笑得用模糊的颤音说："妹妹，你不必退让，平身，平身。"

两人笑过后，梅梅一本正经地说："央金，你要有自信，文化自信，我们两个在这里相互吹捧，你不觉得是自恋狂吗？"

说完两个人又会心地哈哈大笑。

笑过后，央金一本正经地说："梅梅，这两天，我在玩一款二次元的动漫游戏，联想到你的前后两个梦境故事，我想好了梦的故事名——《女儿国的二次元故事》，你写成书吧！"

梅梅不解地问："二次元？"

"对啊！本义是二维空间，引申义是虚拟世界，你的梦就是虚拟世界。"

"NO，央金，你这是降维打击我，故事听完了，思维退化到石器时代了，我这梦可是有凭有据，在有案可稽的资料基础上的，可不完全是虚拟世界。真实成分占七分，虚拟成分占三分，应该叫《苏毗女国的三次元故事》。"

"三分虚拟，还是不纯粹。"

"央金，好，你较劲，满足你，《苏毗女国的 2.7 次元故事》，真实成分七分。我写。"

央金一声"同意"，两人不约而同地伸出右手，在空中"啪"一声响亮的击掌，一拍即合。

当两人离开时，雪停了，路灯陪着静静的夜在沉思，雪地里留下了两串脚印，向前方延伸。

梅梅通过一段时间的沉淀，梳理了一下自己的思路，冷静地坐在电脑前给导师回了一份电子邮件。内容如下：

老师，经过收集整理有关资料，以及结合我家乡的民俗文化，我认为历史上的苏毗女儿国，应该存在于我的家乡这块神奇的土地上，有四点理由可以回答您的提问。第一，地方志明确指出：隋朝前后，此地是苏毗和多弥两个部落联盟邦国的辖区。肯定了我的家乡是历史上苏毗女儿国的辖地，隋开皇帝六年（586 年），苏毗女王派遣使团与中原王朝建立了友好往来，主要以朝贡为主，等到唐朝初建国时，苏毗女王派使臣去祝贺朝贡，唐朝封苏毗女王为"右剑门中郎将"，"剑门关"是当时入蜀的咽喉，现今四川广元境内，具有"天下第一雄关"之称，军事重地，历史上乃是兵家必争之地，唐王朝封苏毗女王此头衔，可见女王所居的地方地理位置何等地重要。无独有偶，我的家乡现在州府所在地，在通天河河岸，是后来形成的唐蕃古道和茶马古道的交会点，交通要道上的枢纽，也是自古以来兵家必争的军事重地，后来名为通天河就是交道上的天河，故有天险通天河之称。据此，唐王朝给苏毗女王的封号是"右剑门中郎将"，古代"右"为尊，足见唐王朝对苏毗占据的地理位置的重要性的认知和重视程度。自隋朝至唐玄宗天宝年间（742—756年），即苏毗王室投唐为止，苏毗王室与唐朝保持着亲密的交往，即使被吐蕃政权吞没后，也暗通款曲，苏毗王室没有中断过与中原王朝的联系，女王之孙悉诺逻率领王室成员经过两代人十几年的艰辛，排除万难投唐。史书记载，皇帝李隆基，亲自到长安郊外设亭迎接，封悉诺逻为怀义王，赐予大唐王室李姓，赏赐丰厚，优厚安置。从此，苏毗女儿国退出了我的家乡这方成也此地，败也此地的土地，同时也淡出了中国的历史舞台，给后世留下了谜面，才使得今天的人们抓狂猜想它的谜底。

第二，还是绕不过家乡地理位置的话题，这里点到为止，具体的以后再探讨。在商道上，催生出的苏毗女儿国是一个精于商道的经营能手，汉史和藏史记载，苏毗女儿国精通于商贸之道，非常擅长做生意，苏毗国的商贸活动路线四通八达，范围很广，史书记载苏毗"恒将盐向天竺兴贩，其利数倍"，还善制铁器，向各地贩运，与当时的中原、天竺、波斯、高昌等丝绸之路上的国家和地区商贸活动频繁，苏毗女王尤为喜欢中原的纹锦华服。除此之外，它向外拓展疆土，与雅隆的吐蕃、党项、天竺发生过数次战争。以上苏毗女儿国的优势，是由其所处的地理位置决定的，这是一条恒定的金规铁律。恰好我的家乡的地理位置是北有茫茫的昆仑山脉，南有巍巍的唐古拉山，西有缓坡漫岭的可可西里，东有蜿蜒峻峭的巴颜喀拉山脉，这四大横空出世的山脉把我的家乡拱卫在臂膀里，形成天然的防御之地，自古以来就是兵家争夺之地、古商衢的重要通道，这就是商贸和向外拓疆如鱼得水的法宝。家乡的交通要道和特殊的地理位置，使苏毗能够雄踞一方，所向披靡，身居高原，面向四面八方，当然也正是这个惹人垂涎的地理位置的缘故，它没有逃脱被吐蕃征服奴役并吞的宿命。

以上是古板的文字记载，下面我用生动鲜活的民俗民风来印证。

第三，从民间的遗风看，苏毗之所以是女儿国，它的形式是母权国，这一标志性的特殊政权制，为人们津津乐道，它的神秘看点就在于——史称"其俗贵妇人，轻丈夫，而性不妒忌"表明女国重女轻男。而在我家乡方圆的一些地方，就有女儿不出嫁守在家，坐拥家里的财富，入赘男人为婿的习俗。只是这种"重女轻男"不是单纯性的重女轻男，其实男性的社会地位很高，还是以男权为中心，女性只是在家庭生活中受到尊重，我认为这种习俗应该是苏毗女儿国的历史遗存，遗风遗俗里往往藏着历史的真相。还有，苏毗女儿国是人类社会低级形态母系社会的特殊遗存，为什么在一千六七百年前的青藏高原腹地，会出现这样一个母权社会呢？我认为大概与中国大地上的无神论思想有关，是社会自然演化的形态，是崇拜自然规则的结果。原始的社会形态里绽放出它合理性的一面，即母系社会中对母性繁殖能力的认可，这是被淘汰的社会形态种子的有生力量，在青藏高原腹地梅开二度。这个涉及社会学范畴的深课题，留给导师您探究。

第四，家庭成员姓氏随母姓，有子从母姓的习俗。《隋书·西域传》之"女国"条记载："其国代以女为王，王姓苏毗，字末羯"。从中看出，上至女王以自己的姓氏"苏毗"作为国名，下至平民百姓仿效，这一习俗盛行于公元五世纪至公元十一世纪的宋代，一直沿用到明清后。我的家乡是史诗《格萨尔王》最主要的流源地，史诗故事形成了十至十一世纪（宋朝），成熟于十三四世纪。史诗中的英雄人物都随母姓氏，格萨尔王的父辈们大伯绒察·吉本、二伯当戎·晁同、三叔森隆·嘎玛（格萨尔王之父），是同父异母的三兄弟，各随母姓，各有各的姓氏，说明姓氏来自母姓，应该是苏毗女儿国母系氏族社会形态的残留，后来演化成对女神的崇尚，这是家乡残留着女儿国的痕迹，透露出本地区隐性不自觉地对母系性质苏毗女儿国时代的集体追忆，更容易让人想象到飘逝在幽闭历史中的那个神秘国度——苏毗女儿国系魂的土地，所遗留的根基还在牵绊。

第五，这是一个延续至今的古老习俗。众所周知，青藏高原空气稀薄，空气透明度高，紫外线辐射强，阳光照射炽热，容易灼伤外露的肌肤，因而人们脸膛上有两坨"高原红"，还有古铜色肤色，都是外界对高原人的印象，其实这些不是遗传基因的标示，而是地理环境造成的印记。作为这片土地的外来户，苏毗人应该是首先发现了"曲克安哒"的高效防晒护肤作用，才有了男女皆赭面的习俗。物以稀为贵，物以精为少，得来费尽工夫，它是牛奶淬炼的精华、牛奶的灵魂。"曲克安哒"除了是牧人家的珍稀甜点，还是珍贵上等的护肤用品。"曲克安哒"的护肤功效一直沿用保留到当今我的家乡，近几年才被种类繁多的护肤品取代，偏僻的乡下，妇女还在用这一古老传统的护肤品。我们从"曲克安哒"是护肤品来揭开苏毗人男女赭面之俗的秘密。

从现代人对护肤品的理念看，"曲克安哒"是安全无任何化学添加剂的绿色护肤品，在没有防晒霜的年代里，"曲克安哒"是防晒霜的鼻祖。苏毗人在吐蕃还没有崛起的隋朝，早于吐蕃近一百年的时间与中原王朝接触密切，交往频繁。《隋书》记载，隋文帝开皇六年（586年），此时生活在河谷的吐蕃正在与生活在高山的象雄争霸，中原人最早见到赭面的是苏毗人，所以隋史中记载了苏毗男女均有赭面的习俗。吐蕃政权是公元633年建立的，就是说，中原人最早是在苏毗人脸上看到赭面的这一习俗。后来松赞干布建立吐蕃政权后，向外扩张，与苏毗有过战争，都未取胜。苏毗国内上层新旧贵族之间爆发矛盾，反叛女王的部落首领与吐蕃暗通款曲，里应外合，攻破了王室城堡，公元670年，吐蕃政权征服了苏毗女国，就是说，苏毗人早于吐蕃人一百多年就把赭面这一习俗带到中原，展示于世人们。

苏毗女国归顺吐蕃，庞大的苏毗国，使吐蕃一时无法一口吞咽，存留多年，苏毗人赭面之俗被吐蕃人全盘接受。随着吐蕃与中原来往密切，唐蕃古道的开通，初唐、盛唐时，吐蕃雄霸青藏高原，唐诗记载里称之为吐蕃赭面之俗，苏毗人的赭面换成了吐蕃的赭面，有两重原因：其一，此时的苏毗，已经纳入了吐蕃的权力体系，有一个民族融合、文化习俗同化的过程，苏毗处在从属地位，吐蕃政权代表着整个势力范围，一切东西的冠名，都在吐蕃政权的理念下认可。其二，被吐蕃人征服之后，苏毗人赭面的习俗影响到了吐蕃人，被他们接受，打通了这一习俗在整个高原快速传播的途径，不单单在高原传播，随着吐蕃与中原的交往频繁，唐蕃古道的开通，赭面之俗传到了千万里之外的中土，特别是在都城长安，成了当时上流社会妇女风靡一时的"时世妆"。赭面到了中原，被唐朝爱美的女人们改版，翻新花样，避免了东施效颦的尴尬境遇。这种来自异域的妆容，经过大唐女人们之手的推陈出新，引领了那个时代的时尚妆容。

青海乌兰县发现的八世纪吐蕃古墓中的棺板、墓室壁画中的男女人物都赭面，河南安阳出土的九世纪墓葬人物壁画中的宫女赭面，可见一斑。吐蕃男女赭面，是一种习俗，起到护肤作用；中原女人仿效赭面之俗，则是女人的爱美之心使然，是一种时尚风潮。《唐书》记载，文成公主非常厌恶赭面之俗，她进藏后要求松赞干布"令国中权且罢之"，于是这种地域性的习俗被废除。不过在家乡及家乡的周边地区，赭面习俗延续保留至今，原因有二：其一，说明家乡是赭面之俗的发源地，根深蒂固难摈弃；其二，是因其强大的实用功效性使之传承至今，为苏毗王室在我的家乡添加了有力的佐证。

第六，唐史记载东女国人著"缁衣"（缁：黑色），佩戴各种珠宝，华贵富丽，但是万变不离其宗，黑色是衣袍的主色调，有的学者提出四川丹巴女性的服饰就是以黑色为主调，服饰华丽，一点儿不假，可是丹巴女人的服饰在底幅是黑色的衣服上多用彩线绣出艳丽的图案，特别是头饰很独特，下摆是裙摆。唐史记载强调的是苏毗人喜好穿"缁衣"，佩戴各种珠宝首饰，而不是那种拼凑各色华丽的图案或在黑衣上用各色彩线刺绣艳丽的图案。我家乡的藏袍迄今为止，袍面都是以黑绸缎包面，藏装的华贵都体现在佩戴的首饰上，不单单是藏袍。历史上，与苏毗毗邻相依相存的还有一个叫多弥的小国，生活在通天河下游金沙江一带，农闲时，人们在两岸淘沙金，以擅长打制金银首饰而闻名，后被吐蕃征服后，向吐蕃王室进贡精美的金银首饰，故被吐蕃王室封为"首饰之王"。服装以黑色为基调，佩戴各种精美的首饰，以衬托服饰的华贵，首饰是有出处的，有条件用金银佩饰来提亮黑色为基调的服饰的。加之四通八达的交通，为聚敛各种珠宝提供了便利条件。这两点说明这一习俗与家乡的历史及现存的习俗之间有一定的内在渊源关系。由好穿"缁衣"和佩戴各种珍贵华丽的首饰习俗看，我家乡在服装、首饰方面，乃至民族服饰文化中脱颖而出，成为各个藏区流光溢彩又显庄重风范服饰的领头羊。

另外，我认为苏毗人并不是青藏高原的原住民，也不是有的史书上记载的西羌的一支，或西羌的别种。我看到有的史学家认为苏毗人是鲜卑人的一支游牧族。《隋书·西域传》记载，"其国代以女王为主，王姓苏毗，宇末羯"，从她们的姓氏名字看，与先前进入青藏高原的西羌有区别，与魏晋南北朝时期进入中原的鲜卑人有深远的渊源，据1995年那次中日联合考古雅尼遗址，精绝古城发掘中证实了苏毗是在东汉末年和魏晋南北朝初期灭了精绝国，这个时期正是中国魏晋南北朝历史的开始，苏毗是公元五六世纪建国的。公元45年，鲜卑人走出辽东半岛，随匈奴侵进中原其他地区，匈奴人分裂后，鲜卑人摆脱隶属地位。这时候的鲜卑人是对日后中华民族的形成产生深远影响的民族之一，他们进入中原后大举汉化，同时部分鲜卑人进入青藏高原继续过着游牧生活。鲜卑人的一支进入河西走廊扩展到河湟谷地、环青海湖一带，四世纪，建立了吐谷浑王国。估计此时苏毗人进入青藏高原腹地，比吐谷浑稍晚在我的家乡建立了苏毗女儿国，这个课题后话再论，有机会与老师做深入的探讨。眼前我回答了您的问题，本人认为历史上的苏毗女儿国就在我的家乡，苏毗女儿国的最终命运也终结在我的家乡，随着苏毗王室成员投唐后，她的历史不仅在我的家乡戛然而止，而且淡出了中国历史，逐步归于寂静，鲜为人知，使苏毗女儿国披上了神秘的面纱。

以上是我的浅薄粗略的看法，我将史料和实证相结合，一不留心写成了四五万字的历史随笔，需要修改、润色、充实内容，告知老师，一来回答老师给我布置的作业，二来希望得到您的指教，我的思考、观点不够成熟，史料需要填补，深入阐述的空间还很大，还请老师海涵多指教。

梅梅不知自己大大咧咧的浅陋学识，是否冒犯了一生致力于搞学术，一向治学严谨的导师，这几天她惴惴不安，不知导师会有什么样的评判。

给导师发去邮件后，梅梅思绪万千，上念古代，下思当今，思绪飞扬，快速切换，回味着梦境中的情节，生动鲜活地填充历史的空白，预留思考的余地，思索古今兴衰之事，乘兴，她写了一篇博客：

　　一个朝霞满天的远古时代，苏毗女儿国，把倩影投在了这块叱咤风云的喧闹之地，几代女王的风范，早在千年之前就宣告女性如此出彩，印证了后来者歌德之说"女性之永恒，引领人类飞升"天花板的认知。我从历史的缝隙中，一点一点地向外抠，像一个玩泥巴的孩童，捏了两个泥人她和我，她中有我，我中有她，这个女儿国在我的家乡，真实而惊人地存在，她在历史上销声过，匿迹过，在历史的暗格里躲藏了千年，寂寞如夜空的孤月，灿烂得如夕阳落山般的辉煌壮景，让人记住了那一抹红，给了后世一个久久的猜度、一种历史的惆怅。原来，她离我们的时间距离很远了，而流淌在血脉的距离只有母亲与婴儿脐带的长度。千千万万个奶奶的奶奶、阿妈的阿妈们，还有千千万万个牧羊女卓玛、我、央金之辈都是苏毗女儿国散落的遗民。曲克安哒像苏毗女儿国千锤百炼有灵性的一枚舍利子，又像一枚生命力顽强的发芽的种子，更像是一枚有昆虫居住在里面来定格历史年轮的琥珀。我如一个行走在大海边沙滩上捡拾珠贝的人，一粒一粒地拭去泥沙尘土，串成项链，顶礼膜拜，当看清她的来龙去脉，看清她的真面目时，她复活了我死去的祖辈。

　　几天后，导师在微信上给梅梅发来表情图，三个竖起的大拇哥和一段文字，告诉她："逻辑严密、合情合理的推断分析，远比答案更重要。认定苏毗女儿国在你的家乡，其他的女儿国皆是苏毗女儿国的衍生品或掠人之美！心中有良人，世人皆路人，不要忽视点滴的来自历史记载、传说故事、风俗生活中的信息，它关乎人类历史，历史和现实本身就相互映照，相互关联，如果抛弃了这些细小的杂七杂八的信息，那么我们剩余的只有无法填补的空白和无知无识的迷茫。"

梅梅悬着的心终于放下来了，她这一合理孤绝的推断和发现多么想得到权威导师的认可和支持，老师的最后一句话意味深长，梅梅懂得她还有很长的路要走，这些材料太单薄。

卓玛的曲克安哒棒棒糖终于得到了食品卫生的各种检测，达标后颁发被卫生许可证，经过多方的努力，商品注册得以解决，她的曲克安哒棒棒糖堂而皇之登堂入室，在每家超市上架。梅梅想起卓玛讲她曾经在市场摆摊售卖的情景，笑出了声，她眼前浮现出一幕：

一个二十多岁的乡下姑娘，带着卑微质朴的笑容，目光有些呆滞而又拘谨，低眉顺眼不敢大声招呼顾客，她在地摊上生疏局促不安，目光游离出她的产品，倒像是在倒卖假冒伪劣品，没有被顾客识破，反而自己心虚沉不住气，败下阵来似的，对自己没有信心，对自己的产品没有信心，对市场一无所知充满陌生感，估计她就是这种状态，惹得人们假惺惺地说着赞美的话，什么阿妈的味道、童年的记忆，白拿白吃。现在的卓玛看懂了市场，看透了人性，在提升产品的品质、包装、生产设施和生产方式上下足了功夫。梅梅由此联想到网上有一个桥段：一块石碑，弃置在荒郊野外，屠夫看见搬回家作为磨刀石。多年后，一位和尚无意间发现磨刀石是一块石碑，他用高价从屠夫手里购买，搬运回去立于寺庙门前，作为寺庙的镇寺之石。又过了好多年，到了当今，一位搞金石的文物专家走访这座寺庙，有了惊人的重大发现，这块石碑的历史身份、来历不简单，有上千年的历史，是一块具有丰富历史文化内涵的石碑，用天价购买，被资深专家们鉴定为镇国之宝，陈列在石碑博物馆内。

梅梅想到卓玛的曲克安哒如那块石碑，出现在不同场合，其价值身份不同的经历如出一辙，摆到超市货架上和摆在地摊上的曲克安哒，身份和价值体现不同了，现在的曲克安哒，可不像以前那样土里吧唧，摆在地摊上求人品尝，一句"妈妈的味道""童年的记忆"就被白吃白拿，留下卓玛哑巴吃黄连暗自神伤，而是重塑了身形，穿上了美丽精致的包装衣，改头换面后的曲克安哒，受到了人们的喜爱。卓玛悟到了产品转换到市场的门道，懂得了产品与市场的关系。这时候的消费者舔着曲克安哒棒棒糖，真想起了童年趣事，尝出了妈妈的味道。朋友、闺蜜、长辈、晚辈见面，曲克安哒成了一份拿得出手的见面礼，人们脸上洋溢着惊喜满意的表情。梅梅替卓玛感到欣慰的同时，祝愿源自上千年前苏毗女儿国的曲克安哒，逐级走向巅峰。

随着市场的拓展，制作规模的扩大，曲克安哒原材料供给出现了供不应求的局面。还有一关难过，那就是到乡下收购达拉水的员工反映，牧民们看到曲克安哒可以作为商品换回钞票时，跟风潮袭来，家家户户开始制作曲克安哒，这就意味着原材料达拉水来源枯竭，只能加价来解决原材料收购难的问题。乡下的人们疯传卓玛的曲克安哒赚了大钱，她的那些定点提供达拉水的牧户们，统一了口径，纷纷提高达拉水的收购价，而卓玛这头为了趁热打铁，不能断供市场，只好依了定点供货户们提高的定价，这两边的发难，使卓玛一下出现了收购原料资金的紧张，她只好打掉牙齿往肚子里吞。因为她想到毕竟他们受到地域和观念的局限，挣钱的机遇少，比自己挣钱难。他们把卓玛创业的艰难想得太简单，哪里知道卓玛为把曲克安哒棒棒糖推向市场，摆进超市货架所付出的心血和投入的资金。卓玛放弃辩解一切过程，默默承受压力。牧民们已经被卓玛挣大钱的传说蛊惑，摆事实讲道理对他们如说给大风、说给流水、说给石头听一般，他们油盐不进，卓玛只好选择闭嘴。草原人们的这些骚操作，也打乱了卓玛的初衷——带动乡村的姐妹们、家庭主妇们，把大家组织起来一起脱贫致富，一起奔小康的美好愿望。现在这些女人们站在自己的对立面，成了恶性竞争的对手，这一现象的出现，让卓玛措手不及，她没有料到热脸贴了冷屁股，好心遇到狼子心，二妹愤愤不平，劝卓玛："姐姐，我们单干，把这些不懂感恩拖后腿的女人们甩开，没有她们拖累，我们爬山轻松。"

小妹说："离开这些变来变去、反复无常的叛徒，我们搬走，其他地方也能收购上达拉水。又不是只有一条河流水，流水的河到处都有。"

卓玛对女人们的做法有些失望，但是她理解，人嘛，有这些做法很正常，她反驳两位妹妹说："离开不帮她们，没良心的就是我们。"两位妹妹不解地迎上卓玛的眼光，委屈地看着卓玛。小妹气得只喊："姐姐卓玛，你没脑子啊！是她们贪心，欺负我们三个孤儿。"

卓玛语重心长地慢慢开导妹妹："你们俩想想，奶奶当初领着我们来到这儿，跟乞丐有什么两样？是周围的人们接纳了我们，给了我们力所能及的帮助，虽然奶奶坚强、勤劳，可是没有乡亲们的帮助，奶奶也是一根柱子难支一顶帐篷。还有我刚开始做曲克安哒时，左邻右舍无偿给予我达拉水，这不是可怜同情我们是孤儿，帮我们吗？要懂得感恩，后面半卖半送，也是不看佛面看僧面，看在过世奶奶的面，这是奶奶生前为我们修来的福报，奶奶常说后世的报是前世的业，所以奶奶的善缘是我们得到大家帮助的机缘。当然，现在是市场经济，为了生计，谁不想挣钱呢？看到不起眼的达拉水能卖钱，卖给我们已经算讲情分了，主妇们怎么做也不过分，应该想到她们的好，理解她们的难处吧，帮还得帮。大家都有钱挣，才有我卓玛挣的钱，如果她们两手空空，我跑得再快、再远，也孤孤单单的很可怜，身边有大家，心里踏实，我们的奶奶，在境况比任何人差、比周围的人穷时，还是乐意帮助人。"

二妹、三妹沉默不言，沉默不是认同姐姐的忍让、宽容，她们俩还是有怨气，心里不平衡。二妹眼睛一瞪说："女人的嫉妒，看不得我们过得比她们好。"

卓玛想了想安慰道："你俩不必担忧，她们自己做曲克安哒，竞争不过我们，最终还得成为我们的原料供货户，如果她们拿着自己加工的曲克安哒去售卖，跟我曾经去市场摆地摊售卖的境遇将是一样的，回过头来还得跟我们在同一片草地吃草。"

小妹说："看不惯她们墙头草的嘴脸，变幻无常。"

二妹看卓玛从容温和的表情说："你啊，就是度母心肠，我们三姐妹，你是得到奶奶真传最多的那个人，用奶奶的方式对待她们。"

卓玛不解："奶奶的方式？奶奶的什么方式？"

二妹闪着狡黠的眼光，用一种怪腔调说："我以为你是奶奶的得力传人，不明白吗？人们是怎么评价奶奶的？"

卓玛随口说出："有度母的慈悲心肠，有金刚的果敢手段。"

"嗯，你像奶奶一样，好心用在适合的事情上，不能惯坏她们，定规矩，就像我在民间歌舞团，订好协议，协商好价格，制定期限，比如说，提供达拉水两年，做好这些，双方遵守，违约者赔付违约金。"

"你跟我想到一起了，主要是与她们缺乏沟通，我得挤时间说说。"

卓玛这边原料供货的事还没有解决，七七八八的事儿又出现了，让卓玛姐妹俩没有预料到。一天，二妹说："一波未平一波又起，姐姐，三个姐妹要离开了，一个去城里打工，一个要出嫁了，一个要在家待产，正是用工时期，三个人的缺口，到哪儿去招人呢？"

卓玛平静地说："没有什么大不了的事，奶奶从深山牧场把我们三姐妹带出来时，不就是两头奶牛一头小牛犊，还有一顶破旧的布帐篷？是奶奶用一双勤劳的手，广结善缘的智慧，没让我们冻着、饿着，把我们三姐妹抚养大，我们姐妹们从来没为吃穿发愁过。现在有奶奶传给我们的手艺，又有挣钱的途径，这不是发愁的理由，像奶奶一样勤奋、付出，总有回报。她们三个的活儿，分摊在我们俩身上。"用工荒，姐妹俩暂时化解了。

几家欢乐几家愁，牧民们满意自己的达拉水卖了个好价钱，可让卓玛犯难了，资金周转出现困难。作坊快要断供了，地主家里也没余粮了。卓玛只好多方筹钱，借钱，采用最原始的方法用实物换达拉水，用赊欠的办法结账等。这时卓玛三姐妹多年未谋面的父亲，听到女儿们的困境，送来了三千块钱，虽然对于卓玛曲克安哒作坊来说，不过是门前小河的几瓢水而已，但卓玛俩姐妹还是感谢父亲的帮助。二妹说："钱不算多，是父亲的心意，让我感觉到了亲情的温暖。"

小学毕业回到家的三妹，却不依不饶，她大哭，把三千块钱掼在门外说："我们三姐妹需要你的抚养时，你像流浪狗四处跑，把我们丢给年迈的奶奶，奶奶去世，你让我们变成了有父亲的真孤儿，你是我们在这个世上最亲的人又是最陌生的人，现在我们三姐妹沦落成无依无靠的孤儿，可与你何干？作为父亲，你这几十年不闻不问我们的生活和困难，我们像河里的鱼，无亲无故，生活在冰凉的水里。好在天上的太阳出来送温暖，好在那些左邻右舍人们的帮助，好在有乡政府的救助，该是姐姐的大姐，却担负起了父母的职责，该是妹妹的二姐却出门挣钱养家，现在看到我们有吃有住有钱挣，你跑来做什么？我们不需要你，你不配做我们的父亲，请你离开！"

卓玛和二妹哭得稀里糊涂一片，但还是阻止三妹，原谅父亲，三妹没完没了，越说越激动，两位姐姐也被三妹的言语勾起了这些年的委屈，一起沦陷泣不成声。父亲沮丧地耷拉着脑袋，没有一句辩解悄悄离开了。也许他良心发现，也许他感到了愧疚，不过，此时他离开，消失在她们的视线里，别来打搅她们的生活是他最明智的做法，否则是来揭起旧伤疤，除了流血就是疼痛。在该出现的时间里缺席，事后再炙热的情感也弥补不了缺憾，失去的时间空洞如流水无可奈何，这个亲情的漏洞很难修补。

卓玛鼓足了勇气，把供货的主妇们叫到一起，开了一场座谈会，准确地说，应该是培训会，灌输了一些为人之道，处世之道，经济市场之道，挣钱致富之道。她将心比心，娓娓道来："老姐姐们、小姐妹们，这里有我的同辈人，有我的长辈们，谢谢大家这一路来的帮助和陪伴，我跟大家都一样，生活在大山里，成长在草原上，是以帐篷为家，跟在牛羊后的牧女，同样吃着酥油糌粑，喝着奶茶，不同的就是我出去参加了很多培训、学习、交流的活动，接触到了汉族、彝族、藏族等民族的文化，结识了一批创业的女性们。与她们交流创业的历程、经验，更多的是她们给予我这个没有文化不识汉字的牧民的指导和帮助，让我开阔了眼界，提升了认知，在一些事情上看待问题与你们不同，相同的是都向往美好的生活，都想把日子过好，这就是共同富裕的愿望。今天把姐妹们女性朋友们召集一起，就是解决我们的曲克安哒走向市场，多卖钱的问题。你们想象中，创业很简单，有的人为我提供达拉水，有的人到我的作坊付出劳力，有的人用丰富的经验做指导，钱就来了。其实创业很复杂很难，仅有热情和付出努力是不够的，要有眼界和毅力，母亲们挣钱想贴补家用，姑娘们想把自己变美，买点化妆品、好看的衣服，想致富，大家应该相互帮助、相互依靠，不要看到眼前的利益，就一哄而散，各自为政。家有奶牛天天有奶喝好，还是把奶牛卖钱了好，这个道理不言而喻，你们都懂，随意提高达拉水的收购价，曲克安哒的市价随即提高上去，卖价贵，堵死了销路，曲克安哒的销量在市场上萎缩，最终损害的是大家的利益，这个道理大家也懂吧？我们应该一起抓住政府支持引导创业的机会，抱团取暖，一起挣钱致富。"

女人们听了，脸上的褶子更多了，平时把一张嘴当两张嘴使用的女人，这时候像裁缝手里缝接的羔皮——无缝对接；平常喜欢挤眉弄眼的女人，脸上的表情像牛皮板——死板呆滞；喜欢害红眼病的女人，这个时候竟然青眼相吊。女人们开始低下头反省自己的所作所为。一个年纪稍长、黑红脸膛的女人打破了沉默："听卓玛讲的话，才明白平时没有深考虑过的问题，确实藏着普通深刻的道理，我不是不考虑，是脑子没有能力考虑。刚刚她讲的道理，说到我的心坎上了，我们女人吃亏就吃在眼光只能看到自己的肚脐眼，跟我不同的是年纪轻轻的卓玛姑娘，活了我两世三辈的人，以后听卓玛的，跟卓玛走，跟卓玛一起挣钱。"

所有女人"噗嗤"笑爆了场，这女人站起来，甩着长袖，略带挑衅的意味说："笑什么？不服气？愚钝的女人们，难道我说错了？想挣钱跟紧卓玛走，不会错。"然后她收起嬉笑的表情，严肃地强调一句："听卓玛的话，服从卓玛的领导，挣钱！"女人一本正经的神态，又引起一片笑声。

接下来，女人们热烈地讨论起来，卓玛的原材料达拉水收购平稳了。

第二年，曲克安哒棒棒糖销量大增，卓玛的作坊规模扩大了，扩招了几名员工，达拉水的收购量增大，资金回流又慢，入不敷出，资金面临着断链，卓玛拆了东墙补西墙，越补漏洞越大。坏运气在卓玛陷入困境时，只是像探头好奇的猫转身溜走了，好运气就像屋顶迎风飘荡的五色经幡，总是在为她祈福，让好运不期默默地降临，带给她意外的惊喜。乡政府有人过来通知，有一笔青年创业的扶持基金项目，如果卓玛想受惠，就请赶快提出申请，申报项目。卓玛听到有扶持项目摊到她头上了，如一个大大的红包砸中了她，高兴得找不到北。经过多方申请办理，扶持项目的资金得以落实后，困境解除，卓玛松了一口气，这笔资金真是及时雨，扭转了资金断链的尴尬局面。她感慨："关键时刻，还是要依靠党的政策和乡政府的扶持，渡过难关。"卓玛的信心更足了，她开大马力，加大油门，开着她那破旧的二手面包车，奔走在牧户帐前帐后，乡间小路上。

卓玛的事业蒸蒸日上，家里也有了变化，泛起了情感的涟漪。二妹出门挣钱时，在民风歌舞团队有了心仪的男朋友，三妹故技重演，像对待卓玛找男朋友一样，极力反对，以死相逼。大姐、二姐心疼得只想把自己变成小妹，溺爱到了纵容的地步，非常理解三妹极度缺乏安全感的举动，她怕又一次失去身边相依为命的亲人，没有父母陪伴成长，在她心里有很深的阴影，奶奶的去世，加深了这种感受，后又被亲戚领养过三个月，彻底击碎了她的安全感，特别依恋两位姐姐，有了一种别样的控制欲，控制两位姐姐走出她的生活。心疼小妹，又涉世未深单纯的姐姐俩，没有想过日后会遭遇情感的纠结，当时没有负担轻易地答应，一生不分离，陪在她的身边。随着年龄的增长，这种承诺在男女情感面前，显得苍白无力。姐姐们选择暂时牺牲个人的情感照顾妹妹的情绪，把感情放一边。

两位姐姐趁机提出她们对三妹的要求，答应两位姐姐，继续求学，去县城读初中。卓玛说："我和你二姐错过了读书的年龄，没有上学的条件，奶奶活着的时候把读书的希望，全寄托在你一个人身上。我们走出深山，一到乡上，奶奶就张罗着把你送进学校，找乡长，找校长，一向倔强的她为了你能入学，在他们面前哭诉悲情，把你送进了学校。每次看你背着书包去上学，我们俩都羡慕你。这些年吃了没有上过学的许多亏，现在才开始自学，可也是力不从心，你要好好珍惜上学的机会，不能半途而废，天堂里的奶奶看着你呢。"

"两位姐姐，只要你俩不跟男人走，陪在我身边，就听你们的。"

卓玛听到此话，疼爱地直碰三妹的额头，二妹无奈地扭头离开了。

三妹去县城读初中了。二姐在三妹面前答应不找男人，不离家，但是，感情这东西，讲求缘分，二姐遇到了她的有缘之人，无法兑现答应三妹的要求，她向大姐坦露："姐，你原谅我，不能兑现对小妹的承诺，我就认准这个人，想与他组建自己的家庭过一生。"

卓玛没有怪罪，高兴得如自己遇到了真爱，给予了长辈的祝福、姐姐的支持理解："二妹，缘分是前世修定的，不管这个男人是神还是鬼，没人能阻挡你们的姻缘，小妹就是个孩子，我顶着，你尽管谈恋爱，嫁为人妻，组建自己的家庭。今天我可等到了好消息，我们家的大喜事，姐姐一定把你风风光光嫁出去，给你办隆重的婚礼，如果奶奶还活着，最高兴的应该是她。"

"肯定啰，她所有的愿望就是我们三姐妹有完满的人生，如果奶奶还活着，三妹不会这么偏执、任性。"

"不能再延续奶奶的凄苦一生，姐妹情深是一种情感，家庭子女、夫妻情感是另一种情感。"

"姐姐，你真开通，苦了你。"二妹流泪了。

卓玛俨然是长辈，安抚妹妹，抹去妹妹脸上的泪水："傻丫头，不许哭，我就是你们俩的家长，有权过问你们的事，别忘了，我是户主，我有责任作出决定。二妹，姐姐支持你的选择，大胆地去追求自己的幸福。"这对姐妹花犹如母女一样，这个特殊家庭的特殊情，角色混搭，超越了辈分的娘子军，奶奶是一家人顶风遮雨的主人，首先扮演着孙女们的父亲、母亲角色，其次才是隔辈的奶奶角色。奶奶过世后，卓玛继位，在没有资格成为共和国公民的十七岁的年纪，她却名副其实地升级为两个妹妹的监护人，并承担着抚养妹妹的义务，扮演着父母的角色，还有她本该有的姐姐角色。这时候，去世的奶奶，扮演起无处不在的影子角色，只要遇到光，她就紧随在姐妹们的生活中。

二妹经过一年多的与男友的甜蜜相恋后，进入了谈婚论嫁的阶段。卓玛作为家长，认定准妹夫能给二妹带来幸福，去男方家求婚，像父母出嫁女儿一样，准备嫁妆，张罗婚事，动用她在业界积攒的人脉资源，尽自己的能力，在草原最美的季节——草长莺飞的七月，放心地把二妹亲手交到妹夫手里，为二妹举办了草原上盛大的婚礼，风风光光地把二妹嫁出去了。

拦路虎三妹可没消停，她反对，哭闹，最终在大姐卓玛的强大攻势下，败下阵来，做出了让步，卓玛动之以情，晓之以理说："你二姐既然找到了她的幸福，我们俩凭什么拦住她自己选择的人生？缘分是劫难，缘分是好运，我们的奶奶、我们的妈妈遇到的是劫难，这种不幸不能再延续到我们姐妹身上，放手吧！让二姐寻找属于她自己的幸福生活。"并保证说："二姐结婚了，离开了家，我一辈子不嫁人，守着你过，可以吗？"卓玛用放弃自己的幸福为条件，这个偏执的小丫头才勉强答应参加二姐的婚礼。但在婚礼那天，她的不情愿、她的不甘写在脸上，没有一点儿笑意的脸绷了一整天，晚上回到家蒙头就睡，没有理睬卓玛，卓玛怕三妹身体不适感冒了，摸摸她的额头看是否发烧，三妹反感地抗拒，就是不说半句话。

有一年，卓玛作为本地区的青年创业者代表被派往内地培训学习，这次培训学习使卓玛打开了眼界，脑洞大开。专家学者讲道：非物质文化遗产以传承为保护手段，以实用为普及手段，开发潜力，挖掘文化内涵。特别是在各位创业者经验分享会上，一位做护肤品的大姐的分享，对卓玛启发很大，大姐说："我们搞服务行业要秉承服务他人，快乐自己的原则，把顾客对产品的信任放在第一位，对自己产品的质量把好关，不欺骗、不夸大产品的功效。"卓玛听到大姐的话想起奶奶千辛万苦做好曲克安哒，无私心、无偏爱地分享给众人的情景，感触颇深，再联想到在自己的记忆中，奶奶给她们三姐妹涂在曲克安哒脸上防晒护肤的印象，卓玛想到何不两个灶台都冒烟，不能只做单一的曲克安哒棒棒糖。老师们也讲创业，创业，就是有了创新意识才有发展。把曲克安哒的另一功用开发出来，成为曲克安哒系列产品，不能停留在单一的曲克安哒棒棒糖上，至于曲克安哒的护肤作用，从祖辈们传承下来的使用曲克安哒护肤的经验看，卓玛的自信心满满的，可以继续挖掘曲克安哒的潜力。

卓玛回到家乡后，着手曲克安哒的护肤品加工，这种加工是在传统的手法上加进了一些现代的制作工艺，加工成了使用便捷敷面的面膜。现在的卓玛懂得了许多有关食品卫生、安检及商标法等知识，她不再像以前一样，盲目地在市场上跌跌撞撞，而是行之有序，按部就班，在曲克安哒面膜获得达标许可后，注册商标，正式投入市场，但是，护肤的曲克安哒面膜，投入名目繁多，琳琅满目的面膜中，如泥牛入海，卓玛从质量、宣传、广告语、营销等方面入手，进行提升拓展市场。

二姐的小日子过得很滋润，孕育新生命，迎接新生命的诞生。三妹每到节假日都流连忘返在二姐家里，把守家守着她不结婚的大姐卓玛抛在了脑后，好在大姐卓玛忙于自己的曲克安哒事业，忽略了三妹心里悄悄发生的变化。这时的三妹开始对有男人参与的二姐的家庭生活产生羡慕之情，抱着小孩就如当年大姐抱着她在怀里一样，感到温暖。等她高中毕业，二姐的三个孩子已经满地跑，成天屁颠屁颠地跟在她身后，奶声奶气地叫喊"小姨"，太有治愈效果，把她早年的心理创伤抚平了。

卓玛的员工队伍也在不断壮大，不断地更新，所谓铁打的曲克安哒作坊，流水的曲克安哒员工，能留下来始终如一跟着卓玛创业的老员工都是她的铁杆精英，她们经验老到，技法娴熟，所以卓玛的创业稳中求变，她已经感觉到作坊加工落后，包装、制作技艺该提升了，开始考虑车间、流水线生产等配套设施。卓玛想到提升技术和制作工艺，严格按科学配方，让曲克安哒产品有质的飞跃，华丽变身。

还是五年前，卓玛又获得一次学习机会，地方政府派她去参加高端的创业者培训学习班。她去北大和清华的创业培训学习班，得到了全国创业大咖们的传道授业。让她津津乐道的是她曾经参加过业界有铁娘子之称的董明珠的培训班，她一个目不识丁的牧羊姑娘，一个无依无靠的孤女，一个没有任何社会背景的人，凭借着奶奶手把手传授的曲克安哒，站在了最高学府清华的讲台上，气场十足地讲了她的人生经历、她的创业历程，展望了她的曲克安哒的未来发展前景。

这次卓玛取经回来后，干劲十足，她开足马力，贷款后更新了设备，组建了自己的工厂，有了卫生达标的流水生产线，随着设备的更新，生产规模的扩大，原材料供不应求，又一次面临着断货断供问题。为了解决迫在眉睫的问题，卓玛又搭乘上了政府出台的有关农牧区实行合作社试点的政策之车，与几户牧民弯道超车，组成合作社，用自己的牲畜和草山入股，有了自己的牧场，原料断供的燃眉之急解除，有了自己的大后方根据地，彻底摆脱了原材料断供的后顾之忧。卓玛怀着一颗感恩的心，低调行事，把创业一路走来的成功，归结于奶奶的传承、众人的帮助、政府的扶持、国策的引领，没有忘记在她创业之初，那些为她提供达拉水的老客户们，尽可能地带动妇女们一起致富，照样去收购她们的达拉水，使她们也有一份收入、一份自信。卓玛说："创业致富的路上，大家都是相互扶持，相互帮助。"卓玛依靠国家"民族要复兴，乡村必振兴"的国策，走的是共同富裕的路，依靠党的政策致富路上不掉队，当初把家庭主妇和小姐妹们组织起来的初衷就是一起致富，不过自己走在了她们的前面，得回头关照她们跟上来。

三妹高考落榜，卓玛和二姐劝她复读一年再考，可惜三妹对复读提不起兴趣，她的兴趣全放在了二姐家的三个孩子身上，让孩子们改口叫她阿妈，二姐认为这是三妹从小缺乏母爱导致母性泛滥，便让孩子们叫她姨妈妈。二姐调侃道："你那么喜欢小孩，母性泛滥，干脆找个男人嫁了，生个自己的孩子，天天有小孩追在你的屁股后面叫阿妈。"三妹看着二姐釋然一笑，离开了。二姐和大姐卓玛商量。二姐说："大姐，我看三妹的心思不在上学上，上完高中，她的上学生涯也就到头了，她已经二十一岁了（实岁二十岁），干脆给她找个本分的好男人嫁了，做个幸福的女人，不一定就得做高大上的知识女性，我觉得只要遂了她的心愿，她觉得顺心，就是幸福。"

卓玛迟疑地说："她最反感的就是男人，不会答应的。"

"大姐，您错了，她反感的是我们生活中出现男人，尤其是你和我身边有男人出现，怕我们俩的爱被男人分走，她缺爱，怕被抛弃，而不是讨厌她生活中出现的男人。"

卓玛觉得二妹话里有话，感到蹊跷，问了一句："你是说三妹不讨厌男人？"

"姐姐，她是有针对性的，除了反感出现在你我身边的男人，对其他的男性，她可不是冷漠的态度，摆臭架子，正常得像雨前吹来的风、太阳下山后夜空的星星。别人想不到，这丫头在家像魔女，胁迫姐姐牺牲个人的幸福，来填补她缺失的母爱。得让她明白，你是姐姐，不是她的阿妈，让她别太过分了。"

"二妹，别埋怨三妹，我就是她的阿妈。"

二妹娇嗔地提出反对："姐，你就惯吧，惯成精神不正常的人。"

卓玛其实早就暗中观察着三妹的一举一动，除了对她身边出现的男人横眉冷目，找借口发脾气，找碴儿冷言冷语发泄之外，其实三妹很正常，只是生性敏感单纯而已。

"小妹的这些心理表现，我能理解，做姐姐的我俩做出一些妥协、牺牲，天经地义的，不然她真成了精神病，我俩的麻烦就大了。"

"姐姐，听你这么一说，我觉得在理、可信，爱是良药。"

"只要三妹心理健康，不怕矫正她的小毛病。据我观察，小妹还是花痴女，藏区的男歌手，出名不出名的，她成了找奶吃的小羊羔，妥妥的追星魔，家里墙上贴满了帅哥们的海报，你以为她喜欢歌，我早摸清了歌曲背后的名堂。"

卓玛说到这儿，姐妹俩捂住嘴笑，怕忍不住放肆笑出来，泄露了小妹的隐私。

"没错！这小姑娘聪明伶俐，不过毕竟她长大了，姐姐要正确引导三妹，身上的膘是一天天吃出来的，坏毛病是慢慢惯出来的，不能让她自以为是，姐姐，你可不能再惯着她，该让她懂点事了。尽管我们三姐妹感情深，给予她无私的爱，可是我们不能替她吃饭，替她过人生，我们的爱与婚姻家庭中给予的温暖是不一样的，我们俩要联手扶她上马。"

姐妹俩相视大笑，又连忙会心地捂住嘴，为达成的共识相谈甚欢。直到二妹的丈夫，借两个孩子的软肋，打着母子亲情的招牌，两声稚嫩的"阿妈"呼叫，手机这头的二妹陷落了，"奉旨""进宫"了，留下卓玛凌乱了思绪，她为三妹今后的路考虑得更远更多，同时对三妹的承诺，在心底深处，生出一条蠕动的虫隐隐游动，动摇了那个沉重的承诺。

卓玛和二妹对三妹的攻心术，早就提到了她们日常生活的日程安排上。一有时间空隙，姐妹俩就避开三妹，商量对策，交换意见，看如何让三妹步入她们设定好的路线。找了个休闲的时光，卓玛以三姐妹相聚的幌子，把妹妹俩招呼来，工作重点放在三妹身上。两位姐姐一唱一和，姐唱二妹附和，不怕攻克不了三妹这座堡垒。

在一家藏吧喝茶聊天，卓玛先是问了三妹是否愿意复读一年再圆大学梦，三妹的头摇得像法师手里的法鼓，在证实三妹不愿上学后，卓玛和二姐展开了攻势，你一句我一言，劝说三妹。

二姐首先开口："你既然不想上学，你想干吗呢？在家陪大姐？你已经耽误了大姐的终身大事，把她拖成老姑娘，难不成你也想把自己拖成老姑娘，然后又不出家当尼姑？你想啥呢？"

"我想帮大姐一起创业，老姑娘就老姑娘，我不出家当尼姑，可以在家做俗家弟子。"

二姐一句"不上学就嫁为人妻，必需的！"噎得三妹一时语塞，看向卓玛，她习惯于卓玛平时处处维护着她，意思是二姐太霸道，你快替我当挡箭牌。出乎三妹所料，大姐也是一句："听二姐的话，放着前面一片光明的继续上学长知识的路不走，那就对不起！只有过属于你个人的那条窄窄的独木桥，那头有人等你早早做贤妻良母。"三妹底气弱弱地低下头说:"有什么了不起的,没有男人照样活得好好的,奶奶不是一辈子没有婚姻、男人也过得好好的?我想好了,要和大姐相依为命一辈子。"

卓玛纠正道:"奶奶不是没男人,奶奶是被男人祸害了,但这不是奶奶一辈子不愿嫁男人的唯一原因,我们的奶奶是草原上少有的内心强大的女人,俗话说:虎狼独行,牛羊成群。奶奶的坚强是刻在骨子里的,奶奶的选择是流淌在血脉里的勇气,就凭她在六十多岁的年龄,为了给我们三姐妹找到更好的生活环境,毅然决然地离开了家乡,走出大山,给了我们不一样的生活环境,这样的老人,这样的奶奶,是得有几辈子的修行才遇到的造化,所以不要辜负了奶奶的愿望,奶奶临终时对我们说好好地生活,你不愿继续上学,不去修行,又口口声声不结婚,这不是奶奶愿意看到的结局。"

二姐马上插上话头说:"自己不愿结婚也就罢了,还要阻止大姐的婚姻,以死要挟,我说三妹,你太自私了。"

卓玛觉得二妹话说得重了,怕三妹接受不了,岔开话题:"奶奶不结婚有遇到坏人留下的心理创伤,可你跟奶奶没有可比性啊,你又没有遭遇男人的伤害,这叫吃奶的羊羔乱蹬腿,没奶吃的羊羔想妈妈。奶奶没有婚姻,可她什么都不缺,有家庭,有父母,有儿子,有我们姐妹三孙女,你与奶奶没有可比性,想与奶奶比,我们姐妹仨不及她的一个脚指头。奶奶的智慧,奶奶的通透生存技能,别人是学不来的,她的苦命和遭遇,换成另一个人,早就趴下站不起来了,而她挺过来了,依然笑对生活,依然善良,你说,我们的奶奶谁能比得上?"

"是啊！三妹，大姐说得没错，奶奶把苦化作了守护我们三姐妹的幸福，你可不要让天堂的奶奶，看你过得郁郁寡欢，有气无力，她的心会碎的，奶奶生前是多么快乐的老人，你没有受到感染？"

"你俩总是拿过世的奶奶压我，我的心理负担很重。"

卓玛俨然是长辈的模样，抚摸着三妹的肩头，疼爱地安抚道："理解！理解！我的错。"

二姐看到三妹不再狡辩，趁势说："三妹，等你有了家庭，丈夫、孩子那种爱是我们做姐姐的给不了的，你那么喜欢小孩子，自己去生啊！"

这一说切中了三妹的要害，她红着脸争辩道："我就要自己生，怎么样？"三妹说完才觉得入了二姐挖的坑，三姐妹同时"噗嗤"笑出了声，二姐不依不饶不失时机地说："你说的噢！那就找个男人结婚生孩子，我让你姐夫给你找一个帅帅的好男人。"

三妹娇嗔地躺到卓玛怀里："我要大姐给我找，我才结婚。"二妹向卓玛使眼色，意思是火候到了，该进入主攻方向了。卓玛本想难啃的骨头会崩掉几颗牙齿，没料到竟然吃到了一嘴的软肉，三言两语，三妹这么快改口。卓玛惊愕地看向二妹，二妹咯咯地笑："这是我平时使出的捻毛线疙瘩的慢功夫见成效了。只要三妹出现在我家里，三个小孩就是她的跟屁虫、她的影子，一步不离地缠住，甜甜地叫她小姨阿妈，一个人是石头心也化成水，把她熏陶得母爱泛滥。"

三妹瞪着不可思议的大眼睛，一副如梦初醒的大彻大悟，双拳落在二姐肉囊囊的背上："原来你是有七七四十九个心眼的魔女，骗人！骗人！"三妹的拳头在落，轻轻得挠痒痒似的，嘴里在叫喊，可娇羞洋洋自得的神态出卖了她掩饰不住的内心向往。

二姐一边"哎哟，哎哟"喊叫，一边说："你这小姑娘，没良心，怎么敢打有功之人！大姐，你快点给她张罗一个草原上英俊的小伙子，我们俩联手行动，把她早早地嫁出去。不去上学，不削发为尼，留在家里成冤家。"

"二妹，你说得真实可信，把她早早嫁出去。"卓玛与二妹在调侃中投石问路，打探三妹的真实意图。

"三妹，两条路你选一条走，每条路都是奶奶修好的福报路。继续求学，成为一个有知识的人，回报社会，是上上之路；在家像二姐一样，生儿育女，做贤妻良母，也是圆满自身，走向幸福人生的有福报的路。无论你走在哪条路上，我和二姐都是你身后的那座山。"

"是的，三妹，放过大姐，就是放过你自己，别再胁迫大姐，牺牲她一生的幸福，来为你不会缺失的爱垫底。"

三妹一脸的茫然和委屈："二姐，你别吓唬我，我没有胁迫大姐，牺牲她的幸福。"

"小姑娘，为啥说你不懂事，没想到吧，你的任性，无理要求，后果就是大姐三十多岁了，没有成家，不是为了你吗？"

卓玛又出来挡驾："二妹，不关三妹的事，这是我作为成年人的决定，你别往她身上掼。"

"大姐，她已经是成年人了，应该为自己做的事好好想想，书不是白读的，她比我们俩明白事理。"

三妹怯生生地看着两位姐姐的争辩，感到大姐确实为了她放弃了婚姻，这是山头上的野牦牛，明摆在眼前的事实，因自己的无理取闹，阻挠干扰了大姐的感情生活，看到后果，她产生了难以承受的自责，低头服软："大姐、二姐，你们俩是我的长辈、我的靠山、我的精神支柱，我愿意听你们两个的安排，高考落榜，我心灰意冷，不想上学了。"

"不想上就不上了，大姐那儿缺人手。我被三个小孩困在家里，帮不上大姐，念过书的你，帮大姐去，有事干就好。"

三妹逮住了不上学的最佳理由，顺势愧疚地说："二姐的提议正是我心里想的，我想做大姐的得力帮手。"

卓玛对不想求学的三妹有些失望，可一想，一切顺着她所愿，强迫一个人做不喜欢的事，会适得其反，她把失望的话压在了内心深处，强装出无所谓的样子。其实，随着她的曲克安哒业务的扩大，她最大的弱势即自己没有文化知识，这个局限如失前足的马，不能在天地间自由奔跑，她多想与三妹换位，做个对知识如饥似渴的学生，可是世上事不如意者常十之八九，不想那么多，卓玛没有表露出半点遗憾的情绪："三妹来给我做得力助手，我多长了一双手。"

二妹的一句"我看恋爱脑的她会让你多长一副恋爱脑"，把对大姐感情的殷殷关切，和对三妹不继续求学的实际原因说破了。

三姐妹拥抱在一起，动情地笑出了泪花。一刹那，情绪走偏锋，三姐妹不约而同地哭了，不约而同地想起了恩重如山的奶奶。

年底，三妹自己带回来一枚帅哥，说是她的同学。三妹向两位姐姐坦白说："比我大三岁，我们从初中三年级开始谈恋爱，确定恋爱关系已经四年了。"

卓玛喜忧参半，抱怨道："怪不得没有考上大学，也不复读，上学的时间不好好学习，尽是谈恋爱了。"

二姐又凑上来起锅底，大揭秘："初中开始谈恋爱，哪有心思学习，三妹，我们俩没有上过学，现在在社会上处处吃亏，把我们俩的希望寄托在你身上，可你倒好，学习的时候不努力，在恋爱上下功夫去了，你早说，大姐也许找到了自己的幸福，你呀……你呀！秋天的牛粪饼，火劲大，经烧，害人不浅。"晾在一旁的帅哥，听得羞愧不已，卓玛忙阻止二妹说下去："这是三妹的缘分，谁也逃不过命运的安排。"

二妹接上卓玛的话头调侃："谁说不是呢？三妹命里注定，结婚做贤妻良母的女人多了，可在我们家族里，据我所知，三妹可是我们家族上过学有知识，执念想当家庭主妇的第一人，命里注定的。"

三妹狡辩："谁说我甘愿做家庭主妇，我要帮大姐做事。"

"你说这话，难道你在那儿白培训了？"

三妹嘟着嘴："二姐，你瞎扯什么啊！没良心，我给你做保姆照顾小孩。大姐，你看看，二姐她尽胡说。"

卓玛说："我们家稀缺上过学的母亲，人们有一种刻板的偏见，总认为家庭主妇就不该有文化知识，家庭主妇是无知无识的蠢女人的另一种叫法。我在内地遇到有的女企业家，创业前也是家庭主妇，她们中没有一个文盲，都是上过学的。三妹做一个有文化的家庭主妇，不是吃亏的事，应该是赢家。"

三妹搂住卓玛的脖子，亲昵地撒娇道："大姐，就是我的大姐大，说出来的话就是不一样，入耳朵，中听。二姐你喜欢讽刺挖苦我。"

"我恨你是赶不上山的懒羊羊。"

"我是大姐心目中的美羊羊。"妹妹俩的嘴仗，逗得卓玛大笑，姐妹仨的亲密无间，浓情蜜意，假如外人看了会羡慕死。她们三个什么都缺，可什么也都不缺，富足的内心世界，弥补了所有的缺憾。

三妹的婚礼选在藏历年，双方的家长非常满意这对新人的结合。当把三妹送走后，卓玛的心一下空了，她此时真成了孤家寡人，从没有过的孤独感袭来。想想自己的成长过程，自己的心路历程，这一路走来，奶奶把所有的爱给了她们姐妹三个，奶奶走后，她把所有的爱给了两位妹妹，她扮演了不同的角色，是大姐，像母亲；是一家之主，承担了顶立门户父亲的责任，为这个家和妹妹撑起了一片天，把妹妹们抚养成人分别交到了她们的丈夫手里，往后的日子是她们自己的日子，自己将一心扑在自己的曲克安哒创业上。

经过卓玛的努力，她联系到曾经一起参加培训的姐妹，拿着开发出的曲克安哒护肤系列产品的原料，到内地找到代加工的工厂，曲克安哒的护肤产品面膜、香皂上市，市场又得到拓展，迈出了一大步。卓玛的创业路越走越宽广，可她形单影只，让人怜惜。特别是卓玛风里雨里一个人在奔波，妹妹们看在眼里，疼在心里，她们俩成天凑在一起，给姐姐张罗对象的事，尤其是三妹，结婚后建立了自己的爱巢，生了宝宝后，她才体会到了大姐的不易，是她在大姐到了谈婚论嫁的年龄时，一次又一次以死要挟，阻止了大姐的幸福，她感到很愧疚，对不起大姐，所以，她比二姐更积极。只是她为大姐找的对象，不入大姐的法眼，白费劲，她很沮丧。二姐劝三妹："这种事，强求不得，说明大姐的缘分还未到。"

风水轮流转，现今的三妹对卓玛的关心，就像当年的卓玛曾经关爱自己一样，嘘寒问暖，像一个贴心的小棉袄，知冷知热，当然是在弥补她当初的自私无知所犯的过错。

不知卓玛什么时候遇到了她心仪的男人，梅梅第一次约她的时候看到那个男人来接她了，卓玛羞涩地承认那男的是她的男朋友，时间过去了快两年，卓玛和那个男的也许修成了正果吧，梅梅心里默默为卓玛祈祷，愿她的事业顺达，人生不再有苦难，幸福围绕着她。

梅梅约了卓玛，想把她捣鼓出来的曲克安哒背后的历史告诉她。卓玛刚好参加完全国第二届农民丰收节，回到家乡的第二天，接到了梅梅的相约邀请。

卓玛如约而至，站在梅梅和央金面前的卓玛，是一个脱胎换骨的卓玛，褪去了一个牧姑娘局促腼腆的举止，取而代之的是一个落落大方、悠然放松、张弛有度的女企业家的卓玛，不过言谈中她那纯朴善良、低调内敛的特质没有变。梅梅告诉卓玛曲克安哒的前世今生，让卓玛感到震惊，没想到奶奶的奶奶们的钟爱，被她们家女辈们奉为神明传承的曲克安哒，其背后有如此深厚的历史渊源。卓玛听得入神，梅梅讲完后，卓玛对梅梅肃然起敬，抓起梅梅的手，激动得泪流满面，感慨道："有学识真好，能把死亡丢失的历史找回来，能揭秘曲克安哒的神秘身世。谢谢你，梅梅，我替钟爱曲克安哒的祖辈们、钟爱曲克安哒的我们感谢你。"

"不用感谢，作为家乡人这是我责无旁贷应该做的事，再说我也是钟爱曲克安哒的一员，我要成为你的曲克安哒系列产品的忠实粉丝，从今以后，我要吃曲克安哒棒棒糖，用曲克安哒的面膜和香皂。"卓玛补充道："为了携带方便，现在开发了曲克安哒糖丸。"

"好的，吃的、用的我都包揽，我相信，来自远古的曲克安哒，是任何糖果、任何护肤品都无法与之相提并论的。从时间追溯，曲克安哒是端坐在岁月之口的老寿星，它的历史年龄不下四五千年。从风俗习惯看，它至少传承了两三千年，与众不同的是，它身上附着的厚重的历史文化，以历史活化石的级别存在于当今。令人叫绝的是，它是绿色的食品和护肤品，从能入口直接转换成能护肤的也只有曲克安哒，难道它不高端，不奢华？哪一种糖果和护肤品能与它媲美呢？"

央金回答："都将败下阵来。"

卓玛听了有些小激动，有种不敢相信的眩晕，发出"啧啧"的赞叹声。

梅梅说："真没想到，奇异醋香的两场梦，是我平时对苏毗女儿国的关注，挥之不去牵绊的另一种回报，用梦的缤纷异彩形式呈现对苏毗深入浅出的眷恋。"

央金说："在梦里遇见苏毗女儿国，是你的幸运！"

卓玛也说："你是一个有福报的人。"

梅梅不认同，央金接上说："幸运的人，有福报的人，非卓玛莫属，热爱、不放弃、不气馁才能让人和事发光，我们俩不过是吃瓜群众而已。"

卓玛听到后，低着头粲然一笑，用细柔的语气说："梅梅的学识令我钦佩，对知识的热爱和追求，把失去的历史故事复活，真正让苏毗女儿国的人和事发光的是你。"

"不是我，真正让苏毗女儿国发光的是它本身，我只是用历史资料，综合有关知识，将它的历史粗略地复盘一下。梦，是虚幻不真实的，不可信，可信的是我搜集整理的资料，梦都是建立在历史事实坚实的基础上的。"

卓玛一声"嗯"，表明了她的疑惑，她在心里问梅梅讲的苏毗女儿国和曲克安哒的故事到底是历史真相还是梅梅的梦，她有些糊涂了。央金从卓玛的表情，看出了卓玛的疑问，问卓玛："刚才梅梅的话，把你整蒙了吧？难怪，她说话让脑子绕几个弯，我听着都费劲儿。简单地说，梦百分之八十是历史真相，所以说，你传承的非遗曲克安哒，最早能考证出来的版权拥有者是苏毗女儿国，梅梅给曲克安哒定位了它的历史'商标'拥有者是苏毗人。她首先确定苏毗女儿国在我们母地，进一步证明曲克安哒的主人，就是苏毗女儿国，而后说明曲克安哒的身份。对你而言，曲克安哒是非物质文化遗产，对梅梅而言，用曲克安哒的历史身份来说明，母地是苏毗女儿国曾经的旧地。"

卓玛又一声"嗯"，表明她终于听明白了。她尴尬地一笑，好像在说自己真笨。她心里隐隐作痛，没有受过学校系统教育的短板，让她每每遇到尴尬。

梅梅说："如果卓玛上过学，准能捅破天。"

"梅梅，假如我上过学，可能闯大祸，而你不一样，学识是塞不住的泉眼。"

"二位，别再互捧了，你们俩，都值得让我点赞。"央金竖着左右拇指，分别指向两边，俏皮地送到梅梅和央金胸前，"为你们两个点赞！"然后一口气像宣讲团作报告一般，宣讲了卓玛的光荣事迹："近年来，在乡村振兴的时代背景下，在政策、资金的支持下，卓玛成了振兴乡村创业的带头人，带动新理念、新技术的创新代表，对距今有四千多年制作历史的曲克安哒，不仅继承了这种传统的制作手法，而且进行了创新，荣获全国农村创业优秀带头人的称号，'大国农匠'全国农民技术大赛二等奖，还有……"梅梅叫停："就这一条还算新闻，其他的已经是过去式，你孤陋寡闻，卓玛现在是流量创业者，你去她的微信视频号里、抖音里看看。"

"我明白了，你是务实的理想主义者，卓玛是勇敢的追梦践行者。"

梅梅补白道："央金，你是有精准眼光的'朝阳群众'，说错了，不好意思，口误，你是眼光独到的理想加梦想的追随者。一个好汉三个帮，没有你们两位的帮助，我可能是独木难支。"

"梅梅，这块蛋糕分大了，受之有愧。"

"要不是你搜集到关键的那两个年份时间——苏毗人入中原朝贡隋朝的年代和吐蕃政权征服苏毗国的年代，我就无法佐证曲克安哒的原版主人。那两场'梦'，想与苏毗女儿国的历史亲密握手，没有关键的资料佐证，我的推论不能自圆其说，不过是与空气握手，我心中'大花脸'的困惑，不能迎刃而解，梦里的谈笑，'樯橹灰飞烟灭'，不过是一场空梦。所以我说，你是个精准的追随者。"

央金听后愉快地摇头摆身子，鬼精的一脸笑意，惹得卓玛莞尔一笑，笑央金大大咧咧的搞笑动作，笑她活泼热烈的语调，还有那一颗纯粹的心。

央金做完动作补充了一句："那是因为你们两个太优秀，我不敢落伍，跟虎豹混，不长儿道斑纹也难。"

"你的《演讲与口才》没有白学，学费交得值得。"

"嗯，学到了些皮毛。"

这时，卓玛陡然抓起茶几上的手机，好像想起了什么要紧的事："只顾陶醉在梅梅的故事中，忘了给你们俩看一张老旧的照片，我让朋友给我复原的。"一边说，一边在滑手机页面，最后她定格了一张照片。梅梅和央金凑过头去看，一张有年代感的黑白旧照片，央金一句："哇！好美！时代美人！岁月美女！"

照片上的女主，二十七八岁，梳着两条紧贴耳根的又长又粗的大辫子，垂到胸腰下，穿一身黑色长藏袍，个子有一米六几，站在一幅背景布前，腰间除了腰带上挂着 把生活用的小腰刀，没有过多的饰品，显得干净利落，朴实无华。那一副精致的五官面孔，让人产生遐想，打败现代整容、科技脸的人造美女，一种不羁的美丽，她亭亭地站在镜头前优雅脱俗，那种恬静的表情，释放着一种原始而自然的寂静之美，大大的丹凤眼，颧骨不是很高，鼻子挺翘，嘴巴小巧，下颌轮廓柔和，泛着母性之光，五官不是那种立体感很强的，但圆润和谐有黄金比例之感。

央金已经是急不可耐想问个究竟："卓玛，这个黑白老照片上的人是谁呢？"不等卓玛回答，梅梅连头都没有抬，沉醉地凝视着手机上的照片，用坚定低沉的口气替卓玛回答："这就是巴忠奶奶。"

央金惊愕地看了一眼卓玛，问梅梅："你怎么知道的？"

"俗话说：画虎画皮难画骨。卓玛每次讲到巴忠奶奶的事，我就默默在心中塑造，心目中的巴忠奶奶就是这副模样、这副长相、这种气质，好像我很早就认识她熟悉她，没有初次看见陌生人照片的那种新奇感，仿佛似曾相识的人。我还有一种预感，感觉卓玛与奶奶外观形象大不相同，奶奶漂亮的长相，没有遗传给卓玛，但是她们的内在精神气质是一脉相承的，你看，卓玛娇羞内敛恬静的神态，像不像巴忠奶奶在照片上那种静美从容的气质？"

央金重新打量着卓玛，卓玛有些难以招架央金一惊一乍的言语，偷偷地在笑。央金领悟道："这就是神似，不是形似，难画的骨相被你画出来了。"

"此言差矣，不是我心中画出来的，是巴忠奶奶的所作所为的自画像。"

卓玛说："奶奶这张年轻时候的照片，据她讲，是解放多年后，六十年代初，作为妇女代表来开会时，照了她人生中的第一张照片。"

梅梅心里想，照这张照片时，巴忠奶奶近三十岁，那么她在青春年少时，穿梭在杜鹃花丛中，那时她的美丽是活泼不羁的，与山花一起恣肆地开放，与山雀一起快乐地歌唱，她是那样地天真烂漫，这一切被强盗撕毁了。自此，走向了磨难、承受才是人生，坚强、隐忍才是得道的殉道者的历程。假如那一年没有遇到劫难，她肯定会有另一种人生。

三人的话题兴趣正浓时，餐厅要打烊，服务生过来催促。她们走出茶餐厅时，一轮圆月正向高空攀升，正如卓玛开挂的人生。穿过市中心的那条河水，静静流淌，月光为河水洒上了一层碎银，波光粼粼，河边的灯光为河景营造了一种迷蒙的暖色氛围，水波与灯光交相辉映，梅梅、卓玛、央金像卸下一身的重负，剥离了世俗红尘的烦扰，呼吸着清冷新鲜的空气，全身心放松，像夜莺在夜空轻松快乐地鸣叫般嘤嘤细语。

盛夏的夜晚，三位女人的身影在灯光中摇曳。央金穿着飘逸的长裙，套着一件超短的白色外套，扎着时尚的空气鸡毛卷的发髻，穿着一双鞋跟夸张的老爹运动凉鞋，前卫的手机包吊在臀位，嘻哈元素浓。梅梅留着简单的直发发型，灰色的打底衫，套一件美拉德色系的外搭，阔腿黑裤，这一身装束看出梅梅的知性低调。卓玛浑身上下的民族特色，天蓝色的藏式衬衣，黑色的藏袍，讲究的绲边，镶五彩织锦缎，宽厚的传统腰带，各种金银佩饰，显得雍容华贵。三位女性，是曾经的苏毗女儿国之地走出来的新时代的年轻女性，不失现代女性的时尚、知性、纯朴，以不同的理念面对生活，但她们的精神内核与苏毗一脉相承。

夜在黑暗中延伸，三人的思绪逸出躯壳，向高空、向圆月、向悠远的历史发散，飞向了梅梅勾勒的那个由女王掌握乾坤的苏毗女儿国。曲克安哒让历史上消失的女儿国复活，曲克安哒，像苏毗女儿国遗落在这片土地上的一粒有生命力的种子，会发芽，会开花结果，会生生不息繁衍生息。一枚会讲前尘旧梦历史故事的活化石，见证着沧海桑田的变迁，诉说着颠扑不破的一段历史精神的价值。

在梅梅的讲述引导下，她们在这静静的夜里，产生了无限的遐思，余韵未尽地带着各自的心愿回家了。

卓玛敬佩梅梅的学识，羡慕梅梅缜密的思维方式，能让一个消失的古国，在她创业的曲克安哒和奶奶的身世中复活。她想，幸运的自己，总是在人生的路上遇到很多暖心的事、暖心的人。培训学校的老师，创业路上热心的政府工作人员，内地那些创业的知心大姐，还有乡村那些左邻右舍的人们，一起创业的小姐妹们，她心飞扬。

央金回家对丈夫说起梅梅研究的课题有了重大的突破，又说了一堆对梅梅的盛赞之词。达哇说："借你称赞梅梅之机，我对你提点小要求，你这人容易走极端。"

央金两眉毛挑起，问："什么要求？快说！趁本姑娘高兴。"

"你看入眼的人，会不计后果地说好话，对不喜欢的人不计后果地说真话。"

"废话，好就是好不说假话，不好不说真话说假话，那不是欺骗吗？"

"哎呀！你说话把我绕进去了。"

央金瞪着一双大眼睛，得意地说："这就是我受梅梅的影响，有哲理的意味，深刻吧！老公，你肤浅了。"

"但愿你对她的好不计后果地说好说到底，千万别不计后果地说假话。"

"放心！这点判断力我还是有的，朋友之间，忽略缺点，放大身上的闪光点。当初，我跟你谈恋爱时，跟家里人尽说你身上的优点，父母才同意把你迎进门的，我会把握分寸的。"

"人，其实是一个复杂的矛盾体，是我肤浅了，你俩之间的友谊，纯粹！"

小两口相对哈哈大笑。

二人谈到了卓玛、巴忠奶奶与曲克安哒及苏毗女儿国。提起卓玛，丈夫说："牧羊女卓玛创业的事忽略，大家都知道她是家乡创业的明星。"

"那我给你讲点创业明星的家事。"央金讲到卓玛三姐妹最初失去巴忠奶奶后的日子时，讲到悲凉处，她梨花带雨地飘泪，丈夫半是调侃半是安慰："别伤心啊！亲爱的，我知道你是软泥脑度母心，打住噢！情绪失控伤身体，不要走极端。"

"是我肤浅了，老公，我觉得巴忠奶奶是伟大的高原女性。"于是央金把巴忠奶奶重点拎出来，讲给丈夫听。丈夫听完后，陷入了沉思，对央金说："保存粮食的最好方式，是把粮食酿成酒，保存历史的最好方式，是把这些东西写成有案可稽的书。"

"哈，酒鬼，三句话不离本行，写成书，这个是正经观点。"

"是的，你让梅梅写成书。"

"不瞒你说，梅梅正有此想法，想写有关苏毗女儿国、曲克安哒的书，包括卓玛一家三代女人的故事。"央金一股脑从巴忠奶奶讲起，讲到卓玛，讲完后，她若有所思，念经打坐似的停顿了好一会儿，领悟到什么，问丈夫，"听我讲，你不觉得巴忠奶奶很伟大吗？"

"是了不起！"

"必需的，缔造了一个创业明星的奶奶，可不是普通的奶奶。"

"是啊！央金，尽管岁月给了巴忠奶奶无尽的痛苦和失望，但她反而给岁月以原谅，给他人以尊重，给生命以大爱，把薄凉的世界努力活成了深情的样子，淋过雨的善良女人，愿为他人撑一把伞，何止是伟大，虚怀若谷、眼光远大，这是一种格局。"

央金用陌生的眼光，重新打量了丈夫一番后说："你行啊，还真没看出来，你和梅梅对巴忠奶奶的评价如出一辙。"

"嗯，必需的，英雄所见略同，以后，你看待自己的丈夫是仰视。"

央金娇嗔地用食指在丈夫的脑门上戳了一指头说："嗨！给你一点儿动力，你马上就飘逸。我给你脑补一些梅梅有关苏毗女儿国的研究成果，你再也不会大言不惭地认为英雄所见略同了。"

"讲吧！洗耳恭听。"

这时，央金妈妈敲门提醒道："你们俩怎么还没睡呢？已经凌晨五点多了，我起来敬佛后准备去转经了。"

央金应了一声："知道了，阿妈！"熄了灯，窗户已经泛着黎明前的暗晕之光。

"睡吧，改天再给你脑补。"小夫妻俩方才终止交谈入睡。

梅梅睡前在想，巴忠奶奶、卓玛身上不正是有一千多年前那位看向山外，走下高原，看向远方的苏毗女王的风范吗？她们就是当初那位女王的筋骨。梅梅的脑海中，聚焦着这些女性中的交集重合的那部分因子，依稀看到了历史迷雾中，走来的苏毗女王，是那样地鲜活生动，就如奶奶们、阿妈们、卓玛们、自己和央金们般亲切可爱。远观历史上苏毗女儿国的旧事，女王的传说，离我们很远；近看现实生活中苏毗女儿国的遗风遗俗，曲克安哒的故事，离我们很近，如影相随。现实生活中，老阿妈、巴忠奶奶、卓玛三代女人以及身边许多人，纷繁生活中的许多事，与历史胶着在一起，你中有我，我中有你，难分难舍。无论是多么辉煌的历史，多么显赫的人物，多么浩荡的权威，多么尊贵的地位，最终都化为平淡，变成寻常百姓的家世，变成生活环节上的一个个无法解开的扣结，琐碎中流传有"似曾相识燕归来"的一些非物质的东西，流淌在血脉里，刻在筋骨里。

梅梅想起了刘禹锡的《乌衣巷》诗句，切合她正在思考的问题，便起笔在央金赠送的那本精美的日记簿扉页，写下了刘禹锡的那首绝句：

朱雀桥边野草花，
乌衣巷口夕阳斜。
旧时王谢堂前燕，
飞入寻常百姓家。

梅梅爱上了这种对历史的探索和追问，这是她得以成长提升的机会。她准备与导师合作，深挖苏毗女儿国遗失的历史。她看到卓玛与曲克安哒的华丽变身，激励着她也有一种多问故乡事的使命感和文化传播的担当。这一夜，梅梅对自己多年来的思索，有了满意的小结，放空纠结，睡了一个没有梦境困扰、安稳踏实的觉。

完稿于 2023 年 7 月 2 日成都青白江寓所

## 图书在版编目（CIP）数据

曲克安哒，苏毗女儿国的那一抹红／阿琼著 . -- 北京：作家出版社，2024.4

ISBN 978 - 7 - 5212 - 2592 - 1

Ⅰ . ① 曲… Ⅱ . ① 阿… Ⅲ . ① 长篇小说 - 中国 - 当代 Ⅳ . ① I247.5

中国国家版本馆 CIP 数据核字（2023）第 215527 号

**曲克安哒，苏毗女儿国的那一抹红**

作　　者：阿　琼
责任编辑：李亚梓
封面设计：琥珀视觉
出版发行：作家出版社有限公司
社　　址：北京农展馆南里 10 号　　邮　　编：100125
电话传真：86 - 10 - 65067186（发行中心及邮购部）
　　　　　86 - 10 - 65004079（总编室）
E - mail: zuojia@zuojia. net. cn
http: // www. zuojiachubanshe. com
印　　刷：唐山玺诚印务有限公司
成品尺寸：142 × 210
字　　数：140 千
印　　张：6.625
版　　次：2024 年 4 月第 1 版
印　　次：2024 年 4 月第 1 次印刷
ISBN 978 - 7 - 5212 - 2592 - 1
定　　价：49.00 元